Bleu Line

法悦♥ホリデイ
～解脱なんて知らねえよ～

淡路 水
Sui Awaji

フルール文庫

本作品の内容はすべてフィクションです。
実在の人物、団体、事件などにはいっさい関係ありません。

もくじ
contents

法悦♥ホリデイ
〜解脱なんて知らねえよ〜
005

有頂天ラヴァーズ
239

あとがき
285

イラストレーション／小山田あみ

法悦❤ホリデイ

～解脱なんて知らねえよ～

多分、これまでそんなに悪いことはしてこなかったはずだ。

そりゃあ、ちょっとはズルしたりとか、小さい嘘《うそ》を吐《つ》いたりとか、些細《ささい》な、ほんの些細な過《あやま》ちは犯したかもしれない。

あとは……。

自分のことしか考えていなかったってことも否《いな》めない。だけどここまでひどいしっぺ返しはどうかと思う。ほんのちょっぴりのズルくらい、多かれ少なかれ誰《だれ》でもしていることだし、けっして自分だけじゃないとも思っている。

不運なことが起こる度、神も仏もいないと罰当たりなことを思っていたからなのか。

彼らの存在を否定したからなのか。

藍《あい》は、黒い法衣《ほうえ》と地味な半袈裟《はんげさ》のやけにでかくてガラの悪い坊主を目で捉《とら》え、これって仏罰ってやつ？　とそう思いながら、意識を手放した。

真っ青な雲ひとつない空に、爽《さわ》やかな海風。白いカモメが空をひらひら飛んでいる。

つん、と鼻をくすぐるのは潮の匂いだ。

「あー、泳ぎてぇなぁ！」

車の窓から見えるキラキラとした太陽の光を反射させて輝く青い海を見ながら、雪《ゆき》村《むら》藍は思わず声を上げた。

「な、そう思わね？」

助手席に座る藍は、隣で黙々とハンドルを切って運転している男に話しかける。

「や、おれは別に」

返ってきたのはなんの面白みもない気のない返事。

この男は初めて会ったときからずっとこんな感じだ。藍が話しかけても、まともな答えをよこさない。

確かにこれから仕事をする上では、この男と仲良くする必要も何もない。どうせ、今日一日の付き合いだ。

とはいえ、ただでさえ気乗りしない仕事をするのに、相棒がこんなに無口で陰気だと更に気が滅《め》入《い》る。

これから藍はたくさんの嘘を吐かなければならなかった。それも見ず知らずの人を相手に、だ。意図的に人を欺《だま》すことに罪悪感を覚えない者は、そう多くないだろう。藍だって好きこのんで欺したいわけじゃない。人を欺すのは初めてだし、だから緊張もするし、なにより気が重い。

嫌なこと尽くしだからせめて、誰かと喋《しやべ》って憂さ晴らしでもしたかったが、運転席の男には、どうやらそれすらも期待できそうにないらしい。

「窓閉めてくださいよ。エアコンつけてるんすから」

無愛想に運転席の男がぼそぼそとそう言った。

「あー、はいはい」

藍は言われた通りに車の窓を閉める。男は藍とはコミュニケーションを取る気もないらしく、それ以上は喋ることもしない。藍はむっつりと黙り込んでいる男を横目で見、また窓の外へ目を遣《や》った。

車は海岸沿いの道をひた走る。助手席側の窓からは海しか見えないが、運転席側から見える山の緑がこれまた爽やかで、こんな景色を見たのは一体いつ以来だろうと思う。

それにしても、藍の憂鬱《ゆううつ》な気分とはうらはらによく晴れた空だ。

(あー、やだ。帰りてー……)

太陽の明るさが恨《うら》めしいとばかりに溜息《ためいき》を吐く。

こんなさんさんと日が降り注ぐ眩《まぶ》しく爽やかな日よりも、今日なんかはどちらかというと曇り空、いっそ雨でもいいくらいの気分だ。

　これから自分が後ろ暗いことをしに行くという自覚はある。藍だって、お天道様《てんとうさま》に顔向けできない仕事は本当ならしちゃいけないとは思っているから、この好天はひどく気分を滅入らせた。

　しかし、どちらにせよしなければならないことなら、さっさと終わらせたい。

　何しろこの仕事の金が入らなければアパートを追い出される。

　築四十年はくだらないのではないかという安普請《やすぶしん》のボロアパートだが、藍にとってはそこが最後の砦《とりで》だ。

　六畳一間だが月一万二千円という破格の家賃な上、なんと部屋にはトイレまで付いている。風呂《ふろ》は銭湯《せんとう》だが、都内では滅多にお目にかかれない格安物件。近所ではお化けが出るんじゃないのかとさえ言われているが、そんなことはない。その証拠にお化けなんか一度たりとも見たことはない。

　だがその格安の家賃すら現在三ヶ月分滞納している。これからたった数時間の仕事の出来次第ではもう屋根のある家に住めなくなるかもしれないのだ。

　罪悪感はもりもりあるが、自分自身の生活を確保することだって大事なことだと、無理やり考えを正当化するしかなかった。

藍はそんなことをつらつら思いながら運転席の男を見る。

小太りのもったりした腹がカーブを曲がる度にたゆんたゆんと揺れていた。メガネの奥の目は深海魚並に小さく、暗い海の底から浮かんできたのかおまえはと言いたくなる。開いているのか閉じているのかよくわからない目の男は、その上陰気で口数が少なく、とても今からする仕事ではうまくいくとは思えなかった。

しかし、好き嫌いなど言っていられない。彼と力を合わせてなんとか乗り切るしかないのだ。だからほんのちょっぴりでもコミュニケーションがはかれないものかと、藍は切っ掛けを探すことにした。

目的地までまだ先だろうか。少し先に見える道路の案内表示を確認しようと目をこらしたとき、道路の前方、山側にあるお稲荷様《いなりさま》とおぼしき狐《きつね》の石像めがけて、黒い影が上方からひゅんと素早く急降下し、ピーヒョロロと鳴き声を残して再び空へ飛び立つ。トンビだ。見ると何かを咥《くわ》えて飛び去っていったようだった。

「うっわ。おい、見たか？　トンビがお稲荷さんのお供えさらってったぞ。あれ、油揚げじゃね。マジでトンビに油揚げかよ」

なあ、と運転席の男を見たが、男は「はあ」とまたも気のない返事だ。

恐ろしいほどリアクションがなく、ひとりではしゃいで喋っているのがばからしくなった。ついに藍も口を閉ざしてラジオのスイッチをつける。流れ出したアイドルの歌がまた嫌みなほどに明るく軽快だった。

都内からかれこれ二時間は車を走らせている。見えてくるのは海また海で、時折集落がポツリポツリと見えるだけだ。

正直、藍はこんな田舎《いなか》に来たくはなかった。けれど金になるのはこういう田舎だってこともわかっている。

「なあ、あんたこの仕事したことあんの？」

藍は男に訊《き》いた。経験者ならいいのにと思ったが、期待はすぐにぶち壊される。

「や、あるわけないじゃないですか」

ごく当然だとばかりの返事に藍はがっかりした。

「マジかよ……」

が、せめて気の利いた男ならともう一度いくらかの期待を抱く。

「じゃあ、何やるかわかってる？」

「……あー……カブさんが、アイさんの言う通りにしとけって。アイさんに全部やりかた教えておいたから大丈夫って言われたんで。で、何やるんすか」

どうせろくなことじゃないんでしょ、と男はボソボソ付け加えた。

チッ、と藍は舌を打った。まるっきり話にならない。

「……ックショ、丸投げかよ」

藍だって、こんなことをするのは初めてだ。それを全部丸投げされたらしい。ど素人《しろうと》二人でなんとかなるのか。

「あの……で、何するんすか」

「おれだって、さくっとレクチャーされただけだからよく知らねえよ」

「でも、やることはわかってるんすよね」

「そりゃあ……まあ……」

思わず言葉を濁したのには理由がある。

なぜなら、今日押しつけられた仕事は有り体《あてい》に言って詐欺《さぎ》だ。詐欺、というより悪徳商法の片棒かつぎというところか。

田舎の年寄り相手に、金目のものを買い叩《たた》く。

リサイクルショップという名目で訪れ、まずは服一枚からどんなものでも引き取ってお金に替えますよ、と話を持って行く。その後他の本当に金になる獲物、例えば貴金属などを出させ、それをうまく言いくるめて二束三文で買い取る——簡単に言うとそんなところだ。

こんなこと本当はやりたくなかったが、藍にはあまりにも金がなさすぎた。金がないどころかマイナス、要は借金がある身なのである。

借金はするものではないと知りつつ手を出したのは自分だ。

おまけに悪いことというものは重なるもので、不幸が不幸を呼んだ挙げ句、利息が膨らみ続けている藍にはもうこれしか道が残されていなかった。

なにしろ借金の相手が悪かった。

――街金にさえ手を出してなかったら。

そうは思ったが、あのときにはそれしか選択肢がなくて、ヤバいと思ったときには、もう後の祭り。とうとう犯罪まがいのことに手を染めることになったなんて、己の不甲斐《ふがい》なさに腹が立つ。けれど、生きていくためにはなりふり構っていられなかった。

利息すら払えなくなった藍が街金から紹介されたこの仕事は、はじめは都内が主流だったらしいが、最近はこの手口も知られ警戒されるようになって、金が入らなくなった。そこで徐々にターゲットを田舎へ田舎へと移動させていったようだ。藍たちがのどかな田舎町にいるのはそんなこんななわけである。

藍もこういった仕事は噂《うわさ》では聞いていたものの、実際自分がやることになるとは夢にも思わなかった。

それを男に説明すると男は「あー」と一言声を発したあと黙りこくってしまった。

「で、やれんの？」

訊いても男は唇を突き出したまま口を開かなかった。

しばらくそうやっていたが「アイさんなら」とボソボソまた聞こえるか聞こえないかの声でようやっと男が口を開いた。

「ん？　なに？　聞こえねー」

「アイさんなら、あんたイケメンだし、話上手っぽいけど、おれは」

口を開いたかと思った途端、ぼやきが飛び出す。なんだこいつ使えねぇんじゃねぇの。こいつと組ませたのはどこのどいつだと藍は顔を顰《しか》めた。

自慢じゃないが、藍は容姿には自信がある。これでもちょっと前までの本業はモデルだった。

小さな顔の八頭身で、なにより手足が長い。おまけに肌と髪の色は薄く、はっきりとした目鼻立ちの華やかな美貌《びぼう》はよく欧米人とのハーフかクォーターかと訊《たず》ねられる。欧米の血など一滴も入っていない純粋な日本人なのだが、そこは敢《あ》えて否定はしていない。それがモデルとしての仕事にプラスに働くこともあったからだ。

身長こそ微妙に一八〇センチに届かなかったせいでショーモデルにはなれなかった

が、一時期、雑誌や広告などでそこそこには仕事があった。

だが、不慮の事故で大怪我《おおけが》を負い、そのためモデル生命は絶たれた。更に当時付き合っていた彼女にも逃げられ、運の悪さも手伝って入院費の支払いにも困り、そうして残ったのは借金だけ。なのにその後も不幸は続いた。借金を返すためにホストクラブで働いたが、そこがまた巷《ちまた》でいうブラック企業で藍の借金はなぜか働いているのに増えていた。結局生活費にも困って金を借りたものの、ホストクラブで紹介されたその金融業者は悪質な街金だったというオチだった。

借金返済のために働こうとハローワークに行ってもみたが、学歴も資格もまるでない藍が就《つ》けるような仕事はなく、日雇いの仕事でどうにか暮らしている。しかしそれだけでは追いつかず、加えて仕方なく食費を削って切り詰める毎日である。

モデルを辞めるまでは、至極真っ当に生きてきたはずなのにこの仕打ち。やっぱ神も仏もいねえよな、と藍はさっきトンビが咥えていったお稲荷さんの油揚げを思い出しながら溜息を吐いた。

やっぱり自分が切り回すしかないのか、と諦《あきら》める。

こうなったらやけくそだ。

相方が期待できない以上、藍まで変におどおどしているとこの仕事は失敗しかねない。とにかく今日は何が何でも成功させて、金をもらわなくてはならないのだ。

腹を括《くく》って、詐欺師にでもなんでもなるしかない。

「あー、わかったよ。じゃあ、今日はおれがやるから。ホントはあんたくらい真面目《まじめ》そうな人間が切り出す方がうまくいく気はすんだけど。しゃあねえな」

強気の口調で自信ありげに言ったが、これも自分自身を奮い立たせるためだった。すみませんともお願いしますとも言わない男に、だからこんな仕事しか回ってこないんだよ、と悪態をつきたくなるのを抑え、結局自分も同じ穴のムジナだとひとつ舌を打つ。

舌打ちは不幸を呼ぶ、と誰かが言っていた気がしたがその通りかもしれない、と藍はふとそんなことを思う。けれど、いいことなんか欠片《かけら》もなくて、舌打ちでもしないとやってらんない、というのも事実だ。

「で、あんたなんて名前。おれ、聞いてないんだけどさ」

サイトウ、と棒読みの声が返ってきて、こいつとはもう組みたくないと、心の中でサイトウの顔に大きくバッテンを書いた。

カーナビの通りに、サイトウは車を走らせた。今日の目的地は漁港のある小さな町だ。

海岸沿いの道を走っていると、いくつか小さな集落が見えてくる。この中にカモになる年寄りがいるだろうか。いるならベストだ。仕事が早く終わる。

藍たちが乗っているシルバーの小型のステーションワゴンはいかにも営業車だった。目立つこともなく、するすると町の住人しか通らないような裏道も走って行く。

やがて目星をつけたのは、小ぎれいな木造の平屋。

軒先に干されている洗濯物に若い人間の気配はなく、それを見て特別ケチでもなく、また贅沢《ぜいたく》もしていない堅実な暮らし向きの人間が住んでいると推測した。

この仕事の成功するしないは、八割方家を選ぶことにかかってくると藍をこの仕事に紹介した男は言った。

（普通だよ、普通）

ごく普通の暮らし、お人好《ひとよ》しの老人。カモになるのはそういう人たちだという。

藍は後ろめたく思いながら、うまく事が運びますようにと祈った。気がひけるが、下手をするとホームレス生活まっしぐらというだけでなく、警察沙汰《ざた》になりかねない。こんなことで捕まるのは真《ま》っ平御免《ぴらごめん》だった。

藍は直感で「ここだ」と決めた。

「ここにする」

運転しているサイトウへ藍は指示をする。

サイトウは無言で藍の言う通り車を止めた。

藍は玄関チャイムもない家の玄関引き戸に手をかけた。鍵はかかっていない。

「ごめんくださーい！　こんにちはー。リサイクルショップ宝島《たからじま》と申しますー」

引き戸をノックしてすぐさま開けると、愛想のいい張りのある声で呼びかける。思った通りに、人の好さそうな老女がニコニコしながら「はいはい」と、出てきた。

「こんにちは。お忙しいところすみません。東京《とうきょう》のリサイクルショップの者なんですが、こちらの方で新規店舗を開店する予定でして。みなさんにご挨拶《あいさつ》に伺《うかが》っているんです」

「リサイクル……っていうと、要らないものを引き取ってくれるとかいうあれですか」

「ええ。そうです。よくご存知ですね」

「はあ……」

老女は困惑した顔をしながら、曖昧《あいまい》に相槌《あいづち》を打つ。藍はその顔を見ながらイケる、と踏んだ。

ここへ来る前簡単なレクチャーを受けたが、こういう訪問を受け、相手が取る態度にはいくつかパターンがあるという。

まずはけんもほろろに全《まった》く言うことなど聞かずに追い返すパターン。もしくは話は聞くがのらりくらりと受け流し、最後に断るパターン。こういうのは大抵身内に相談しないと、という言葉を断る文句にしていることが多い。

あとは、なし崩しになんとなく断り切れずに話を聞いてまんまと訪問者の思惑《おもわく》に乗せられてしまうパターン……。

彼女はどのパターンに当てはまるか、と藍はちらりと横目で表情を窺《うかが》う。

玄関の三和土《たたき》には、男性や若い女性と思《おぼ》しき靴はない。この家は彼女のひとり暮らしなのだろう。親族が同居していると厄介《やっかい》だが、ひとまず安心した。

ホストクラブにいたおかげで、初対面の相手の気を悪くさせないよう話すのはお手のものだ。世の中経験しておいて無駄になることはないな、と妙な感心の仕方をしながら、藍は話を続ける。

「ご不用になったものがありましたら私共に引き取らせて頂きたいのですが。もう着なくなったお着物とか、お洋服、また壊れた電化製品でも当店はお引き取りします。今なら特別に買取価格を三〇パーセント上乗せいたしますので」

藍はとっておきの笑顔を見せ、押し付けがましくないさりげない口調で言いながらチラシを手渡す。

無論、チラシに記載されているリサイクルショップの店舗などどこにもない。架空の店舗だ。もっともらしく所在地は銀座《ぎんざ》九丁目と書かれているが、銀座に九丁目なんかない。だが、そんなことに気づくような人間はそもそもこんな詐欺には引っかからないのだろう。

逡巡《しゅんじゅん》している風の老女に、藍はここは押してはダメだと判断した。そこで世間話に切り替える。

こういう駆け引きも大事だ。ただ執拗《しつよう》に営業トークだけしていても、逆に頑《かたく》なな態度を取られてしまうことがあると、レクチャーの際に注意されていた。

「この辺、初めて来たんですけれどいいところですね」

話を引き延ばすには、土地の話、身の上話は有効だ。特に年寄りは身の上話が大好きで、聞いてくれる人間がいると舌も随分滑《なめ》らかになる。

一瞬、後ろめたさに胸の奥がチクンと痛んだけれど藍はそれに気づかないことにし、大げさな笑顔を作った。

半分嘘、半分事実の藍の身の上話に彼女は笑い、そして時折涙ぐみながら、相槌を打っていた。

「お時間取らせてすみませんでした。こんな風にお話聞いてもらったの初めてで。こちらの方は優しいんですね。まだまだお話ししたいんですけど、ご迷惑でしょうから。あ、この辺にコンビニかなにか飲み物買えるところありますか?」

茶目っ気たっぷりに、喉渇《のどかわ》いちゃって、と笑ってみせる。

すると老女は「お茶で良かったら飲んでいきなさいな。この辺はお店がないから。ほら、そっちの人も」と家の中へ引き入れてくれた。

藍は心の中でガッツポーズをしながら、顔には出さず「すみません、ご馳走《ちそう》になります」と殊勝《しゅしょう》な態度を心がける。

これからだ。

彼女が茶の用意をしている間に、藍は部屋の中をざっと物色した。

出された茶を啜《すす》っていると、老女は「そういえばこういうものでも、引き取ってくれるの?」と古い着物を出してきた。

内心でほくそ笑みながら、藍はここからが正念場《しょうねんば》だと、身を乗り出した。

「もちろんですよ。今のうちなら買取額もいいですからね。そうそう、良いものでも今は価値が下がったりしてるものもありますから、見せて頂ければ今の価値がどのくらいになってるのか、お教えすることだってできますよ。そういうものは手元に残しておきたいでしょうから、あくまでも参考ってことで」

「そう？　それじゃあ、せっかくだから見てもらおうかしらねぇ」

老女は奥へ引っ込んだ。

その隙《すき》を見て、藍は隣でまるで幽霊にでもなったかのように存在感を消しているサイトウへ小声で話しかける。

「おい、いいか。これであとはもっと金になるようなもんを出させるんだ。そしたらうまいこと言ってそれを買い叩く。それがこの仕事だ。だいたいわかったか」

サイトウは「はあ……」と気の抜けた炭酸のような返事をよこした。

「はあ、じゃねぇよ。次からはおれいないかもしれないんだぞ。できんのかよ」

「無理ですわ。できないっすよ」

今度は藍が「はあ？」と聞き返した。

「無理って！　じゃあおまえ、なんのために来てんだよ」

「や、だって、こんなんだと思ってなかったし。まあ、おれには無理っすね」

「何言ってんだ？　ァア？　つか、なにか？　おれに全部やれっつのか？」

「えー、おれ車運転したじゃないっすか。これで今アイさんと同じくらいの仕事量なんじゃないっすか。ま、おれ、マジ無理なんで」

ざけんな、サイトウ。

藍のこめかみがピクピクと震える気がした。

――そろそろ血管が切れそう。

そうこうしているうちに、老女がいろいろ抱えて戻ってきた。

「こんなのしかないんですけどねえ」

彼女が持ってきた着物に視線をやろうとしたそのときだった。

スクーターの音が聞こえたかと思うと、ほぼ同時に「セツさん、遅くなった！　わりぃ！」と男性の張りのある大きな声が聞こえ、すぐさまずかずかと家の中へ入ってくる足音がした。

その音を聞いてさっと藍の顔が青ざめた。頭の中に大音量で警鐘《けいしょう》が鳴る。嫌な予感しかしない。

――ヤバイ……！

この家には彼女しかいないと思って油断していた。来客のことまでは考えていなかったと、藍は焦る。

――逃げた方がいいって、絶対。

問い詰められたら言い逃れできる自信はない。そそくさと玄関口へ向かおうとした。

「うわっ！」

が、出入り口を大きな男に阻《はば》まれ、ドンと身体《からだ》ごとぶち当たる。

ほんのり鼻腔《びこう》をくすぐるのは、線香の匂い。……って、線香の匂いとか今関係ないだろ、と自分で自分にツッコミを入れ、早くこの場を立ち去らなければと藍は焦った。

「あ、あ、あ、すみません。お、お邪魔しました」

引きつった顔で男の横をすり抜けようとすると、老女が「あらあら、どうしたのそんなに急いで」と声をかけてくる。

（なんつータイミング……！　お願いだから引き留めないで……！）

このまま外に行かせてくれ、と祈りつつ、しかし男が立ちはだかって先に進めない。

「ん？　なんだ？　こいつら」

黒い法衣。地味な半袈裟。坊主だ。年は三十代くらいだろうか。藍よりも年上なのは間違いない。しかし、なんというかガタイがいい。背も藍より随分高い上、肩幅も広く逞《たくま》しい身体つき。

しかも眼光がやけに鋭い。怖い。はっきり言って法衣を着ていなければマル暴のデカかヤクザだ。丸坊主ではない短く切った髪と、精悍《せいかん》な顔立ちが更に凄《すご》みを増している。整っているだけにそれは尚《なお》のことだった。

そんな男に胡散臭《うさんくさ》いとばかりに渋面《じゅうめん》を作られ、ジロジロと見られてはたまったものではない。

「いや、あの」

口ごもった藍へ強面《こわもて》の坊主は指を指す。

「セツさんこいつらなんだ？」

どうやらセツというのがこの老女の名前らしい。いや、もうどうでもいいんだけれど。とにかく早くここから出なければ。

そうは思うが、あまりの怖さに立ち竦《すく》んでしまう。

「瑞生《ずいしょう》さん、この人たちはね、うちの不用品を引き取ってくれるらしいの」

セツが藍たちのことを話すや否や、坊主のよく研《と》いだ刃のような鋭い眼光が飛ぶ。

「おい、おまえら」

低めのいい声だけに、やたらと迫力があった。その迫力に気圧《けお》されたサイトウが竦み上がる。

「あああ、すみませんすみません！　別におれら欺し取るとか――」

「バカ！　サイトウ！」

――ちくしょう、余計なことを……！　こいつ絶対あとでしめてやる……！

慌《あわ》てて藍がサイトウに駆け寄り口を塞《ふさ》ごうとしたとき、よく掃除され磨《みが》かれたつるつるの床に足が滑り、バランスを崩す。

「わっ！」

ぐらついた身体に気を取られていると、そこにすかさず入り込んできた坊主の拳《こぶし》が藍の顔面にクリーンヒットする。

——ブラックアウト。

藍の意識はそこでふっつりと途切れた。


「ん……ここは」

藍が目覚めてすぐに目に飛び込んできたのは、障子《しょうじ》に畳《たたみ》。

障子って、うちにはなかったよな……。そんなことを思いながらまだ曖昧《あいまい》な思考でぼんやりあたりに視線を彷徨《さまよ》わせた。

あ、ここ、やけに線香臭い。そういやこの匂い、どっかで嗅《か》いだ気が……。

匂いってのは記憶と深く繋《つな》がってるって、そういや何かで読んだことがある。

藍が鼻をくんくんとさせていると、ぬうっと目の前に黒いものが覆い被《かぶ》さった。

「お、気がついたか」

黒いのから発せられた声には聞き覚えが——そうだ……！

「うわっ！　おれ！」

藍の頭の中が一気にクリアになった。こんなところで寝ている場合ではない。しかし。

「……い、ってえええ！」

声を出すと、頬《ほお》に激痛が走った。

思わず痛む頬へ手を遣ると、熱をもっているのがわかる。

「あー、しばらくでかい声出さない方がいいと思うぞ。すげえ腫《は》れてるから」

やっと視界がはっきりし、先ほど目に入ってきた黒いものが法衣だと理解した。

それにしても、いかつい顔だ。どこからどう見ても坊さんとは思えない。

「いや、すまんな。ちょっと脅かすつもりが、おまえが滑り込んできたもんだから」

だが思っていたより案外フランクな口調に、藍もほっと息を吐いた。

「つか……ここ、どこ」

痛む頬を押さえながら、藍は坊主を睨《にら》み付けるように訊いた。

「どこって、おれんちだな」

「あんたんち、って……あんた坊主だろ」

「まあ、そうだな。あんたの言う通り、おれは坊主でここは正覚寺《しょうがくじ》っつー寺だ。一応自己紹介しとくか。おれはこの寺の住職代理で桜庭《さくらば》瑞生ってもんだ」

ということは、今まで自分はここで寝ていたのかと藍はしげしげと周りを見る。

寝かされている部屋は、ごく普通の和室だ。ちょっと古いが、欄間《らんま》の細工は松だの鶴だのが浮き彫りにされていてやけに立派だし、床の間には、達筆すぎて読めないけれど、やたらと仰々《ぎょうぎょう》しい書の掛け軸がかけられている。さっきから気になっていた線香の匂いは、なるほど寺だからか。

「……あんたマジで坊主なのか」

「ああ。それが？」

「だって、坊さんっつったら、頭ツルツルにしてんだろ。フツー。あんた髪の毛あんじゃん」

法衣を着ているからといって、イコール坊主ではないかもしれない。

目の前の男は髪の毛は、短髪にはしているがまるきりないというわけではなかった。

「うちの宗派は特に頭髪に関しては厳しく言われていないんでな。それもあるが、坊さんの全部が全部つるっぱげにしてるわけじゃない」

そういうもんなのか、と藍はふうんと一応納得した。

「おまえ、ホント運悪いのな。ポーズだけのつもりだったのに、そこに自分から滑り込んでパンチかっくらって」

くすくす笑う瑞生という坊主の言いぐさに藍の頭に血が上る。

「わ、悪かったな！　……っつう……」

やはり声を出すと、ひどく痛い。少し大声を出そうとするだけで涙が出るほどだ。

「とりあえず、骨折とかしてねえし、目には当たらなかったからそこんとこは大丈夫だろ。ただ倒れた拍子に脳震盪《のうしんとう》おこしたっぽいから、一応医者には診《み》せておいたが」

「……はあ」

寝ている間に医者まで呼ばれたのか。全然気づかなかった。

「目は覚まさないし、さすがにまずいかと思って慌てたけど」

じろりとまた睨み付けられるような視線で見られる。ようやくこの鋭い目つきにも慣れてきたけれど、これは気の弱い人間なら小便を漏《も》らしかねない迫力だ。

「……はあ」

「つか、おまえ、どんだけ食ってなかったんだ。栄養失調って言われてな。点滴打ったんだぞ。目を覚まさないのも、栄養失調と過労でただ眠ってるだけってなんだよおまえ」

　確かに、ここしばらくまともに食事は摂《と》っていなかった。食費を浮かせ、慣れない道路工事の警備員として夜中に働き――なんといっても、夜の方が稼ぎがいい――それでようやく暮らしていたのだ。

「おまえ、金ないのか？」

「う、うるさい！　いいじゃん！　別に！」

　点滴を打ってくれたのはありがたい。これで一食くらいは浮く。しかし、これ以上はここにいられない。藍は布団から飛び出し、立ち上がろうとした。

「い――――ってえええええええ！」

　脳天まで劈《つんざ》くような足の痛みに藍は叫び、また叫んだことで顔面の痛みも追加され、あまりの激痛に藍は再び布団の上に倒れ込んだ。

「言うの忘れてたけどな、おまえの足、それ、転んだときに捻挫《ねんざ》してるとさ」

　全治三週間だって。

　そう言った瑞生の顔がニヤニヤと意地悪い笑みを浮かべていた。

　こいつドSかよ……！

恨みがましい目で、藍は瑞生を睨み付けたが、瑞生の方はというとそんなものなど屁でもないらしい。相変わらず、ニヤニヤ笑いを浮かべたままだ。

あまりの痛さに動けもしなかったが、それでも気合で身体を起こす。痛くてじわりと涙が滲《にじ》んだのを瑞生に見せないように。

「か、帰る！」

「どうやって」

「車！　あいついんだろ！　おれの連れ！　おれの他にもうひとりいただろ！」

「あー、あのポッチャリ系男子な」

そうそう、いたいた。と、言いながらポン、と坊主は手を叩く。

「ああ。あいつ呼べよ」

藍はぶすくれた顔で瑞生に言う。サイトウがいれば東京には戻れる。いなくても、車があれば捻挫していても運転くらいはできるはずだ。

「あのなあ。あんなのとっくにいねえよ」

「え？」

「あのポッチャリ、あんたが倒れてすったもんだしてる隙に、車でまんまと逃げてったけど」

瑞生の言葉に藍の目がまん丸に見開かれる。

「はあ？」

逃げたってどういうことだ。ということは――。

「おいおい、目ン玉こぼれ落ちそうになってんぞ」

瑞生のそんな揶揄《からか》いすら耳に入らないほど藍は驚いて声も出せないでいた。

「え、じゃあ……おれ、帰れないってこ……と？」

「まあ、そうだな。ポッチャリ、身体に似合わずやけに俊敏《しゅんびん》だったなあ。おれが救急車呼ぶのに電話してたら、そのまま行っちまった。素早さと身体つきってあんまり関係ねえな。すっげ早かったぞ」

あはは、と瑞生は豪快に笑い飛ばす。

彼は笑っていたが、藍にしてみれば笑い事ではない。目の前が真っ暗になった。

「で、でも！　おれ帰らないと！」

「無理だな」

一刀両断。あっさりと言ってのけられる。

「無理って！」

「おいおい、考えてみろよ。今何時だと思ってんだよ。もう夜だろうが」

確かに窓の外は真っ暗だ。

言われるまで全く気づかなかったけれども、そんなに自分は眠っていたのか。藍たちがここに来たのは午前中のはずだが、一体どのくらいの時間眠りこけていたのだろう。

「今……何時」

「九時だ」

「九時なら……！」

九時ならまだ電車が、と思っていると、すかさず瑞生が「ここらの終電早いからな。とっくに行っちまった」と言う。

「なにそれ！　九時に電車ないとか、どんだけ田舎なんだよ！」

「生憎《あいにく》、その田舎なんだが。ここは」

とどめのセリフに茫然《ぼうぜん》となった。

そうだ、そういうド田舎だからこそ、自分たちはここに来たのだった。

「…………朝」

力なく、藍がようやく声を出す。

「ん？」

「だから！　朝！　明日の朝帰る！　始発で！」

「や、無理じゃねえの」

またも瑞生は無理だと言う。

「は？　終電ないなら、始発あんだろうが！　それともここの路線は今日で廃線になったのかよ！」

藍が食ってかかると、瑞生は全く動じもせず「あまり大声出すなって」とただ笑うだけだ。

「廃線になったわけでもないし、明日の始発から電車は動くけどな。でも、おまえ無理だって」

「なんでだよ！」

するとと瑞生は、布団の脇《わき》に置かれてある、藍の持ち物を指さした。

「ほら、それ。一応おまえの持ちもの見せてもらったが、財布に五六一円しか入ってなかった。どこに帰るのか知らないが、こっから東京に行くつもりなら全然金足んねえと思うがな」

ご丁寧に、財布の中身も全部広げられ、入っていた小銭も一枚一枚きれいに並べられている。百円玉が四枚、五十円玉二枚。十円玉が四枚と五円玉三枚に一円玉が六枚。

そう、これが藍の有り金の全てだった。

「でも！　帰らないとアパート追い出されんだよ！　家賃三ヶ月滞納してて！」

藍は必死だった。せめて屋根があるところには住みたいのに。帰らなければそのささやかな願いも叶《かな》わない。

「あ、そうだ。慰謝料！　慰謝料くれよ！　あんたおれを怪我させたんだろ！　だったら！」

まくし立てた藍に、瑞生はただ呆《あき》れたような顔をするだけだ。

「……あのな、おまえ。通報されなかっただけでもありがたいと思え。おまえらがセツさんちで何やろうとしていたか、おれが警察に通報してもいいのか。あ？」

藍が持ち込んだチラシをひらひらさせながら「銀座に九丁目なんかねえよなあ。なあ？」とチクチク痛いところをついてくる。瑞生は藍が何をしようとしていたのか勘づいているらしい。

そして彼の言うことは正論すぎてぐうの音《ね》も出なかった。それを言われたら元も子もない。ましてや瑞生のやけに迫力のある顔で言われたら反論なんか何もできやしない。

ぶすくれた顔で口を噤《つぐ》んでいると、瑞生は続けた。

「つか、帰ったところでそもそも今日の稼ぎもないんだろうが。帰っても金ないんだろ？　アパートはどっちみち追い出されるって。諦めろ」

畳みかけられるようにして、見ない振りをしていた事実を突きつけられ、藍は絶望の淵《ふち》に追いやられる。

そう、どうあがいても所持金は五六一円なのだ。全財産はそれだけ。あとはどこをどうひっくり返しても一円たりとも出てきやしない。

帰ったところで、稼ぎもない以上追い出されるのは同じことだ。部屋にだって、もうたいしたものは残っていやしない。売れるものは売ってしまったし、残っているものなんてゴミくらいなものだ。何もない。

しょんぼり項垂《うなだ》れている藍の頭の上から溜息が落ちる。

「っていうか、そんな身体じゃまた行き倒れる。帰る途中にでもぶっ倒れて死なれたらおれも寝覚めが悪いんでな」

瑞生の言うことはわかる。だが、こうしている間にも借金の利息は増える一方だ。借金を返すためには働かなければならないし、仕事を探すにも、住所が必要だった。だから藍はどうあってもしがみついていたかったのだ。屋根のある部屋というものに。

瑞生は「ちょっと待ってろ」と言い置いて、部屋から出て行った。

藍にはもう立ち上がる気力も残されていなかった。今、ここを逃げ出して帰ったところで事態がよくなるわけではない。

電車賃すら残されていない藍にはどうしようもできなかった。

数分もすると再び瑞生が部屋へ戻ってくる。

「どうした、さっきまでの勢いは」

返事もせず項垂れたままの藍に、瑞生の口調が柔らかくなる。

「……何か事情はあるんだろうが、今日のところは、それ食って寝ろ」

そう言って瑞生は、藍の側《そば》に何かを置き、また部屋から出て行った。

視線だけ動かし、瑞生の置いていったものを見ると、盆《ぼん》の上に小さな土鍋《どなべ》が載っている。卵粥《たまごがゆ》だ。蓋《ふた》は取ってあり、湯気の立ったそれはやけに旨《うま》そうだった。

くう、と藍の腹が鳴る。思っていたよりも随分と空腹だったらしい。温かな食べ物を口にするのはいつ以来だっただろう。

藍は盆を引き寄せ、匙《さじ》で粥をひとつ掬《すく》った。口元へ持っていくと、ほんのりと生姜《しょうが》の香りがする。啜るようにして口の中にそれを入れ、微《かす》かに昆布《こんぶ》の風味がする優しい味のその粥を味わった。

――旨い……。

とてもシンプルな、素朴な味わいだ。どこか懐かしいような、いつか食べたような。

一口、また一口と、口に運ぶ。

ポロリと藍の目から涙がこぼれ落ちた。

どうしてこんなことになったんだろう。どこからどう間違ったのだろう。

空になった土鍋を見ながら、藍は今の自分と同じだと思った。米一粒もなく、すっからかん。

――明日からどうしようか。

空腹を満たした藍の身体は、自然と睡眠を選択する。

――それ食って寝ろ。

今は何も考えたくない。

瑞生に言われるまま、藍は再び深い眠りについた。


「起きろ！　朝だ！」

でかい声が鼓膜を劈く。次《つ》いで聞こえてきたのは、ドタドタとした足音。と思っていると、部屋の障子が大きく開けられた。

眩しい。

突然の聴覚と視覚の刺激に藍は眉根《まゆね》を寄せた。

「おい！　起きろ！」

朝日と共に現れた瑞生の顔を細めた目で見て、藍は昨日のことが夢でもなんでもなかったのだと、一瞬で気落ちする。

相変わらず瑞生の顔はいかついし、頬も足もズキズキと痛い。

昨日と違うのは、瑞生の着ているものが法衣ではなく、作務衣《さむえ》だったことくらいだ。

「なに……何時だよ……今……」

「六時だ。早く起きろ」

六時、と言われても、すぐには時間が把握《はあく》できなかった。

モデル時代は撮影で早起きもしたけれど、ここしばらく早朝に起きたことはない。

おまけに悪事に手を染めてしまうかもという無駄に張り詰めていた緊張の糸が切れたせいなのかやけに身体も怠《だる》いし、帰っても無駄とあれば藍のどこにも気力など残っていなかった。

「……んなに早く起きらんねぇよ……」

もう少し寝る、と藍がごろりと瑞生に背を向けると、瑞生がずかずかと部屋の中に入り込んできた。

「具合悪いのか。熱は」

そう言って、藍の額に手を当てる。

「熱、ねえぞ。じゃあ起きろ。メシの時間だ」

「うっせえな。寝るんだよ、おれは」

布団を抱えて藍は丸くなる。

「健全な精神は健全な肉体に宿る。ローマの風刺《ふうし》詩人ユウェナリスの言葉だ。覚えておけ。いいから起きろ！」

「ユリだか、ナスだか知らねえよ！　もう少し寝かせてくれって」

「ユリでもナスでもねえ。ぐだぐだ言ってないでさっさと起きろ！」

だが、藍がしがみついて抱きかかえている布団を瑞生は引っぺがす。その上寝転がったままの藍の背を蹴《け》った。

「い……ってえな！　痛いだろ！」

文句を言うと「目、覚めただろ」と瑞生は不敵に笑う。

「暴力坊主……」

ぼそっと呟《つぶや》くと「なんか言ったか」と睨まれる。

それが怖い。えらく怖い。そこで藍の口がぴったりと閉じた。けれど、悔《くや》しいものは悔しい。

「〰〰〰〰〰っ！」

腹立つ。腹立つ、腹立つ！

もう、なんだよ。踏んだり蹴ったりじゃないか。これ以上おれにどうしろっていうんだよ、と藍は歯噛《はが》みする。

「メシ食いたくなきゃそれでもいい。けど、食いたきゃついてこい」

それだけ言うと瑞生はくるりと背を向けた。

腹は減っている。昨夜まともに胃にものを入れたせいか、食欲が戻って腹ぺこではあった。しかし、素直に言いなりになるのも悔しい。

「ちょ！　おれ、怪我人なんだけど！　歩けないんだけど！　ゆうべみたいにあんたが持ってきてくれてもいいんじゃねえの」

ただの八つ当たりだ。藍が怪我したのだっていわば自業自得のようなものだとわかっている。けれど自分だけが理不尽な目に遭って、藍の胸の中はどうしようもないくらい不満でいっぱいになっている。拗《す》ねてわめいて、八つ当たりだという自覚はあるが、どこかにぶつけないとやりきれない。それがこの坊主である必要は欠片もなかったが。

「……っせえな。いいからつべこべ言わず来い」

うざったいという顔をしながら振り向き、瑞生は部屋の隅へ行くとあるものを手にして藍のところへ戻ってきた。

ほら、と手渡されたのは松葉杖《まつばづえ》。

そんなものまで置いてあったとは気づかなかった。

「いらない。そんなん邪魔だって」

すると、瑞生がギロリと睨み付け、「捻挫なめんな」と大きな声を出す。

たかが捻挫だろ、藍がそう思っていると、気持ちを見透かしたように瑞生が口を開いた。

「いいか、捻挫ってのは軽視されがちだが、靭帯《じんたい》の損傷だからな。ある意味骨折と同じくらい大変なもんだ。だから絶対足首に負担かけるな。これ使って歩け」

怖い雰囲気は全く壊さないくせに、瑞生はやけに気遣ってくれる。

昨夜の卵粥といい、松葉杖といい。

坊さんなのだから、そのくらいの気遣いはできて当たり前とは思いつつ、しかしこんなさりげない気遣いが今の藍を安心させる。

「立てるか」

ほら。うまく立ち上がれないとわかると、こうして手を貸してもくれる。

「立てるって。大したことないし」

けれど藍は素直に礼を言えなかった。それどころか逆に反抗的な態度へと走らせる。収入の道が閉ざされ、帰るところが無くなったかもしれないというのは思っていたより大きなショックを藍に植え付けていたらしい。

態度の悪い藍に瑞生は気分を悪くした風でもなく、ただ黙って手を貸してくれた。

ぎこちない足取りで、瑞生の後につき部屋の外へ出る。障子の向こうには広い庭が広がっていた。

とはいえ、草木の手入れは大してしてもいない様子で、はっきりと言ってしまえば荒れ放題だ。

「ひっでえ」

思わず口にすると「何がだ」と返ってくる。

「庭だよ、庭。絶対ここ小学生の肝試しスポットだろ」

「…………」

図星だったか。返事のない瑞生の背中を見ながら藍の口元が緩んだ。

だが、荒れてはいるが手入れさえすればきっときれいになるはずだ。元は景色のいい庭だっただろうにと、それらを横目に見ながら藍は瑞生の後を歩いて行った。

やけに広い台所に通されると、椅子をすすめられる。食事はどうやらここに置かれているテーブルでするようだ。

がらんとした広い台所をきょろきょろと眺めていると「どうした」と声をかけられる。

「だだっ広いなと思って」

「ここは地域の集会場みたいなもんだからな。何かあったときの炊き出しみたいなものも、この厨房《ちゆうぼう》を使うことが多いんだよ」

なるほどね、と藍はようやくこのだだっ広い台所の意味を理解した。とはいえ、この広い台所に二人きりという絵面は実にシュールだ。

「へえ」

藍はテーブルの上を見る。

並べられているのは鯵《あじ》の干物《ひもの》、豆腐《とうふ》の味噌汁《みそしる》、キュウリと大根のぬか漬け、納豆。

ごくごく普通の朝の食事だ。

坊主は精進《しょうじん》料理というイメージがあるがそうではないのか。

「坊さんが魚食っていいのかよ」

藍が鯵の干物をつまみ上げると、瑞生の「こら！　行儀が悪い！」という怒声が飛んできた。

「なんだよ、いきなり」

藍が口を尖《とが》らせると黙って睨み付けてくる。無言なのがこれまた怖い。

「スミマセンでしたー」

しぶしぶ謝ると、瑞生は茶碗《ちゃわん》に白飯をよそって藍の前に置いた。

「その干物は、檀家《だんか》からのいただきものだ。いただいたものはありがたく食べるというのが仏の教えだ。そもそもブッダは肉食を禁じていない」

しかつめらしい顔で瑞生は言った。

「へ？　そうなの？」

「ああ。ブッダは肉食って食中毒で死んだっていう話もあるくらいだ。おれのところは修行中や特別な場合なんかは肉や魚、あとはネギやニラみたいな刺激物は禁じられているからその期間は食わない。でも、それ以外は割とゆるめかな。仏教と一括りにされるが、宗派や会派によって戒律《かいりつ》が異なるんだ。まあ、厳しいところは食事だけでなくいろいろ厳しいと聞いたが。他の宗派はどうか知らん」

ふうん、とわかったようなわかっていないような、曖昧な納得をして、藍は席につく。昨夜卵粥は食べたが、まだ二十代も半ばの藍は本来それだけで足りるはずがない。旨そうな匂いにごくりと生唾《なまつば》を飲んだ。

「いただきます」

瑞生の言葉を合図に、藍も食事に手をつけた。

昨夜も思ったが、ここの料理は藍の口に合った。旨い。

「な、これあんたが全部作ったの？」

「そうだ。ここはおれひとりしかいないからな」

「え？　あんたひとり？」

「ああ。今はな」

ずずっ、と味噌汁を啜って瑞生は答える。

ちらっと見ただけだが、この寺は広い。随分古いが、立派な寺だ。おそらく地元で大事にされている寺なのだろう。それをこの男がひとりで管理しているというのだ。

「今は、って前には誰かいたわけ？」

「ああ。元々この寺はじいさんのものだったんだが、じいさんが去年死んでな。で、おれが今んとこ代理だ」

代理？　と首を傾《かし》げると「本来は親父《おやじ》が継ぐ予定になってたんだ」とむっつりした顔で吐き捨てるように言った。

聞くと、この寺の正式な住職になるためには、檀家総代の許しを得、本山に申し出るなどの煩雑《はんざつ》な手続きをふまなければならないらしい。瑞生はまだ全ての手続きを済ませていないため、現在は代理としているようだ。

「その親父さんってのは？　ここにいないわけ？」

「ああ。気が向いたら戻ってくるが、まあ、当分戻らないだろうよ」

あのクソ親父。そう瑞生は吐き捨てるように言ったが、顔はそう嫌がっている風ではない。

それにしても、戻らないとは一体どういうわけだろうか。だがそれを藍が今聞いてもどうしようもない。どうせすぐにここから出て行く身だ。

とはいえ、こんなだだっ広い寺に、瑞生のような若い僧がひとり、というのもそれはそれで興味深い。

「ねえ、あんたいくつ？」

藍は瑞生に訊いた。

「年？　そんなもの訊いてどうする」

「だってあんたがどういう人間か、おれ全然知らないし？　とりあえず年からかなって」

「おかしなやつだな。まあいい。年は三十六だ」

「うっわ、おっさん」

思わず声を出した。年上だとは思っていたが藍より十歳以上も年上だったようだ。

「おっさんで悪かったな」

「あんたずっとこの寺にいたの？　ずっと坊さんだったわけ？」

「どうしてそんなことを訊く」

「だって、なんからしくねえし」

けっして、怖い、とは言えなかった。僧侶といえば穏やかというイメージがあるのに、瑞生ときたらまるで違う。

「……ずっと、というわけではないな。ガキの頃からじいさんの小坊主として修行はさせられていて、まあ高校出たときに得度《とくど》は受けてたんだが、大学も仕事も全く別のことをやってた。じいさんが亡くなったんで、戻ってきたってわけだ」

やっぱり、と藍は納得した。この目つきの悪さはカタギの者ではない。仕事はやっぱり、ナントカ組とかそういうところだろうか、と余計な想像をしながらぬか漬けをボリボリと囓《かじ》る。

「藍」

するると、突然名前を呼ばれた。というか、彼に名前を教えた覚えはない。

「なんで、あんたおれの名前……！」

「昨日、持ち物見たって言ったろ。財布に運転免許証が入っていたからな。雪村藍、二十四歳。現住所は――」

「わーっ！　わかったわかった。もういいから！」

なんでこいつそらでそんなことまで言えるんだ、と思いつつ、自分の一切合切を瑞生には知られてしまったのだと藍は嘆息した。

「おまえ行くとこも金もないんだろう」

「悪かったな」

憤然としながら藍は干物を箸《はし》で突いた。

「こら！　食い物を粗末にするな！　この罰当たり！」

ぺし、と瑞生の平手が藍の手の甲を叩いた。

「な……っ！　なにすんだよ！」

「うるさい。行儀悪い食い方するな。いいか、この干物は浜のばあちゃんたちが丹精《たんせい》して作ったもんだ。その大事なものを粗末にしやがって。ばあちゃんたちと魚に謝れ」

ギロ、と例の迫力のある目つきで睨まれる。

「………すみませんでした」

殊勝に謝る。瑞生の言うことはもっともだ。まともに食べられなくて、食べ物の大切さはよくわかっていたはずなのに、当たり前にあるとなるとその大切さを忘れてしまっている。

こうして腹一杯食べられているだけで十分幸せだというのに。

「素直だな」

「バカにしてんのかよ」

「いいや、意外とおまえいい子なんだなと思ってな」

「いい子って……やっぱバカにしてんだろ」

唇を尖らせ、頬を膨らませる。気のせいかガキ扱いされているようにも思える。

「ひとの褒《ほ》め言葉は素直に受け止めておけ。——ところで本題だが、おまえ治るまでここにいろ」

意外な瑞生の言葉に藍は目をぱちくりとさせた。

「今、なんて言った？」

「だからここにいろって。その足治るまで、どうせ動けんだろうが。昨日も言ったが、怪我人を追い出して、行き倒れられてもな。これでもおれは坊主だし、助けられなかったのかと思うと、ちょっとそれは困る」

瑞生の申し出は魅力的だと藍は思った。少なくとも食いっぱぐれなくてすむ。だが——。

「や……でも……」

藍は口ごもる。

「なに、アパートのことか？」

瑞生は察しがいい。とはいえ昨日あれだけ騒いだのだから当たり前といえば当たり前だが。

「それもある……それだけじゃないけど」

アパートもそうだが、借金が当面の問題だ。毎日利息が増えていくから、足が治る頃には借金の額がまた膨れあがっている。こんなこと瑞生に言ったところで解決なんかしない。

「アパートを追い出されるっていうなら、荷物は全部こっちに送ってもらえばいいだ

ろう。それで問題あるか？」

「ない……。元から荷物らしい荷物なんかないし。処分されても全然構わないもんばっかだけど。けど……」

「けど、けど、って、おまえ『けど』ばっかだな。他に何かあるのか」

借金のことは、動けない以上どうにもならない。金のことは足が治ってからの話だ。とにかくこの足を治してしまわないことにはにっちもさっちもいかない。

「や、別に」

「じゃあ、いいな」

じっと瑞生に見据えられて、藍はこっくりと頷《うなず》いた。

もう、なるようになれ、だ。


食事の後、足の湿布を替えてやると瑞生が言ってきた。

「ほら、足見せろ」

「い、いいよ。ひとりでできるから！　湿布くれればおれ」

瑞生の手にあった湿布をひったくるようにして奪い取り、藍は自分で湿布を替え始めた。が、湿布を貼《は》ったはいいものの、サポーターがうまく巻けない。弾性が強く、思ったところに固定できないのだ。

あたふたしていると、今度は瑞生にそれを取られた。

「いいから、そんな適当な巻き方じゃ治るもんも治らねえぞ。貸せ」

ぶっきらぼうな物言いだが、口調は優しかった。瑞生は丁寧に藍の足にサポーターを巻いていく。

「慣れたもんだな」

藍が言うと、瑞生はにやりと笑う。

「ああ。昔は怪我が日常茶飯事だったから、このくらいお手のもんだ」

怪我が日常って。と怪訝《けげん》そうに瑞生の顔をじっと見た。見れば見るほど厳めしい顔だ。

けれど、第一印象でも思ったが顔はとても整っている。きっちりとした骨格に通った鼻筋が男らしい。媚《こ》びのない表情はある種のストイックささえ覚える。一部の女性にはよくモテるタイプだ。

「なんだ？」

あまりにもじろじろと見つめていたらしい。瑞生が怪訝な顔をした。

「や！　なんでもない……！」

「ああ、まだほっぺたの腫れひどいな。薬飲んだか」

訊かれて、藍は首を傾げた。

「薬？」

「飲み薬あんだろ。そこに」

瑞生がくいと顎で指した先には薬袋があった。

「あ、これ」

中を見ると、ピンク色をした錠剤《じょうざい》のシートが入っている。

「ちゃんと飲んでおけ。腫れはましになる」

薬袋には一日三回毎食後、一回一錠、と記載がある。

藍は保険証を持っていなかった。だとしたら、昨日の病院代も、この薬代も自費の扱いで、かなりの高額になっているはずだ。

それを瑞生は全部支払ってくれたらしい。

「……うん」

そう返事をして、一錠取り出し、置いてあった水と一緒に飲む。

「よし、いい子だ」

「が、ガキ扱いすんな……！」

「うるさい。おまえなんか手のかかるガキと一緒だ」

にっと笑って、瑞生はガシガシと藍の髪の毛を掻《か》き混ぜた。

こんな風に誰かに頭を撫《な》でられるのは、子供のとき以来か。いや、子供のときですら藍にはあまり覚えがない。

両親は教育上スキンシップを無駄と考える人たちであった。そんなことをせずとも、社会規範に則《のっと》り、高度な教育を与えておけば良い子が育つと考える人たちだったのだ。なので、藍の幼い頃ですら、ハグはおろか、頭を撫でるなどの触れ合いは一切なかった。

だからだろうか、妙に胸の奥がこそばゆい感じがして落ち着かない。慣れないことへの違和感と共に、それが案外嫌ではない自分が意外だった。

「瑞生さんいるー？」

そんな声が外から聞こえたのは、藍がうとうとと居眠りをしていたときだ。

朝食と、藍の足の手当を終えた瑞生は「ちょっと留守番してろ。すぐ戻る」と言い置いて、どこかへ行ってしまった。

まともに歩くことができない藍は、がらんとした寺にひとり残された。瑞生からは、とりあえずひと通り寺の中については説明してもらったが、いちいち探検する気力も起きず、今朝まで寝ていた部屋でごろんと横になっていたのだ。

「瑞生さあん！」

若い声ではない。だが、女性の声だ。声は台所にある勝手口の方から聞こえてきていた。

留守番を頼まれた以上、それらしいことをしなければ。藍は慣れない松葉杖を使って、勝手口へと回る。

「はーい」

松葉杖というのは、実際使ってみると、ひどく使いづらい。脇の下に変な力がかかって擦れるし、体重のかけかたを間違うと、今度は怪我している足に響く。

ときどき、器用に操っている人を見かけるが、今度からそういう人を見たら絶対尊敬する、と藍はぎこちない動作で声の方へ向かった。

「あら、あんた見ない顔ね」

勝手口へ出ると、小柄な初老の女性が大きな鍋を持って立っていた。

「あー……、おれ」

そこまで言うと、彼女は「ああ！」とやけに大きな声を上げ、うんうんとひとり納得したように小刻みに頷く。

「あら！　あんたね？　昨日、セツさんちで倒れたっておにいちゃん！　そうでしょ。そうよ、やだァ、足怪我してんじゃないの。あらあら痛そうにして。松葉杖までついてんじゃないのよ。ごめんね怪我人にここまで来させて。痛かったでしょ」

マシンガントーク、とでもいうのか。彼女は次から次へ言葉を繰り出してくる。

「あ、あの……」

どこかで口を挟もうかと言葉の切れ目を探そうとした。が、彼女は小柄な身体に似合わず肺活量が多いのか、一気に喋っても息継ぎをせずにいて口を挟む隙もない。ぽかんとしていると、ようやく、彼女は喋るのを止《や》めた。

「あらやだ！　悪いわね。ひとりで喋っちゃって。そうそう、そうよ。瑞生さんは？」

やっと本題だ。

藍はほっとしながら口を開いた。

「さっきすぐ戻るって言ってたけど……」

ちら、と腕時計を確認すると、瑞生が出て行ってから二時間ほどは経《た》っている。そろそろ昼どきだがまだ戻っていない。

「あ、いないのね。なら、別にいいの。これ持ってきただけだから。今日のお昼にでもしなさいよ。あたし、隣のヨコヤマって言うの。カヨって呼んで。あたしからもらったって言っておけばわかるからね」

そう言って、鍋を押しつけられる。

「え？　あ、あの。あ、はい」

鍋を受け取ったところで、スクーターのエンジン音が聞こえてきた。

昨日も聞いた音だ。

「噂をすればなんとかよ。帰ってきたんじゃない？」

カヨの言葉通り、すぐに瑞生の姿が見えた。

「瑞生さん！　お昼！　お昼持ってきたわよ！」

カヨが言うと、瑞生は「ありがとうございます」と言いながら駆け寄ってきた。

「いつもすみません」

「いいのよ。この間、棚直してくれたお礼。あれ、ホント助かったわ。あやうく落ちてくるところだったし。今日は鶏団子《とりだんご》と高野豆腐《こうやどうふ》煮ておいたから。食べて」

カヨは、瑞生を見上げた。

そこで藍もつられるようにして瑞生を見る。

——やっぱ、でかい。

藍はモデルだったとはいえ、身長は一八〇センチに届かない、一七八センチだ。けれど瑞生は更に一〇センチほど高いのではないか。

改めて横に並ぶと瑞生の身体の大きさがよくわかる。

「なに、ボケっとしてんだ。おい」

話しかけられて、はっと我に返る。

え、と言いかけたところで、カヨが口を挟んできた。

「ちょっと！　瑞生さん！　あんたそんなにその子睨み付けなくってもいいでしょ！　怖がってるじゃない！」

「いや、おれは別に」

「何言ってんのよ。そんな怖い顔してたら、こんな気の弱そうな子、びびっちゃうでしょうが。あんたただでさえ目つき悪くて地顔が怖いってのに」

次々に瑞生へ打ち込まれる言葉の弾丸にはさしもの彼もたじたじだ。リアクションに困っている瑞生というのを初めて見て、藍はひそかに唇の端を上げた。

「あら、そういえば、あんたの名前聞くの忘れたわ。名前なんての？　名無しの権兵衛《ごんべ》《え》さんじゃ、ちょっとダサいじゃない。そんなキレイな顔してるのに。ねえ。で、あんた芸能人かなんか？　ここらじゃこんな若い子もいないし、キレイな子もいないから、目の保養だわあ」

だが、あっという間に今度はカヨの矛先《ほこさき》が自分に向いて、藍の目が白黒となる。あなどれない。

「こいつは藍ってんだ。芸能人でもなんでもないから」

芸能人、と言われて、少し前までその隅っこくらいにはいたんだけど、と妙に面白くない気分になったが、現在はそうではないから藍は口を噤んだ。

「そうなの？　こんなに男前なんだから、あたしタレントさんかしらって思っちゃったわよ。ねえ、スカウトとかそういうのされない？　……でも、なんだってこんなとこに？」

カヨの質問は容赦《ようしゃ》ない。どう答えたらいいかと思っていると、瑞生が藍が持っていた鍋を横取りするように奪い取る。更に藍の前にすっと身体を滑り込ませて、カヨから藍を庇《かば》うようにして立ち塞がった。

「カヨさん、そろそろ昼ですよ。もう帰らないとダメなんじゃないですか。あと、差し入れありがとうございました。こいつとありがたくいただきますから」

すみません、こいつ疲れてるみたいなんで、と瑞生は藍を勝手口の奥へ押し込むようにし、彼はカヨへ小さく頭を下げた。

「え？　まあ、本当だわ。悪かったわね、長話しちゃって」

元から無骨な瑞生だからだろうか。素《そ》っ気《け》ない対応をしてもカヨは特に気を悪くしたわけではなさそうだった。じゃあまたねと言うと、すぐに立ち去ってしまう。

「いい人なんだけどな」

瑞生がそう言ったのは、カヨの姿がすっかり見えなくなってからだ。

「え？」

藍が瑞生の方を見ると、彼は苦笑しながら「カヨさんだよ」と小さく息を吐きながら言った。

カヨの家は、この正覚寺の檀家のひとつだと瑞生は言った。

「悪かったな。あの人悪気はないんだ。ただの話し好きのおばちゃんでな。色々訊かれても無理に答えなくていいから」

瑞生は手にしていた鍋をガス台へ持って行くと、五徳《ごとく》の上に置いた。

カチッという音をさせて、火を点《つ》け、鍋を温め始める。

「ここは田舎だから、あんたみたいな小ぎれいなのがやってきて、浮かれてんだよ。娯楽がないから興味津々《きょうみしんしん》なんだ、みんな」

申し訳なさそうに言われる。

「や、おれ、気にしてないから」

些《いささ》か圧倒されたが藍はカヨに悪印象は持っていない。笑って手のひらを身体の前で振って見せると、瑞生の表情が和《やわ》らいだ。

「そうか。ならいい。……カヨさんの煮物は旨いぞ。昼飯にしよう」

小さく笑って、瑞生は昼食の支度を始めた。

藍に背を向け、瑞生はぬか床から取り出したナスを包丁で刻む。

大きい背中だと藍は思った。

彼は余計なことをけっして言わなかった。

そういえば、昨日から全く自分のことを訊かれていない。

本当ならもっと色々訊ねられて当然だ。

それに今頃は留置場だったかもしれない。警察へ突き出すこともなく、事情も聞かず、ただ黙って藍をここに置いてくれている。

なんだろう、借金も片付いているわけじゃないのに。置かれている状況は必ずしもいいわけでなく、最悪だというのに、藍の胸の中はふわりと軽い。

トン、と瑞生が美味《おい》しそうに湯気を立てている鶏団子の皿を食卓へ載せると、藍はふっと笑みをこぼした。


寺の仕事というのは藍が思っていたよりもずっとハードだった。

坊さんなんぞ、毎日寺に籠《こ》もってお経を読むだけでいいかと思っていたらそうではない。

朝は五時前から起こされて——ここにきた次の日の起床が六時だったのは、あの日だけ特別だったらしい——本堂を掃除し、花などを供え、読経する。これは「おつとめ」というもののようだ。その中で、一応藍にもわかりやすく仏教についてのあれこれを毎日説いてくれているのだが、聞いてもちんぷんかんぷんだった。

今朝は「六道《ろくどう》」というものについて話をしていた。なんでも生まれ変わるときには、生前の行いによってどの世界に生まれ変わるかが決まる、ということらしい。だから、善いことをしておけということのようだが、結局説教されているということだけしかわからなかった。

（どうせ生まれ変わっても、ろくな世界じゃない気がするし）

聞いていても右から左へ聞き流すだけなのだが、うっかりあくびでもしようものなら、瑞生の怒号が飛んでくる。

だっておれ仏教徒じゃねえし、と言いかけたが、ただで置いてもらっている身なのでおとなしくしている。

それにしても……だ。

藍に向かって真面目に話をする瑞生はいつもの怖い彼ではなく、凛《りん》とした表情でやけに男前だ。そのきりりとした目で見つめられると、女性ではないのに、ついどきりとしてしまう。多分着ている法衣が、彼を引き締めて見せている理由なのだろうと思うが、あれは反則だ。普段の三割増しで瑞生がいい男に見える。

（あの怒鳴り声さえなきゃなー）

すっかり耳慣れた怒鳴り声を思い出しながら、今日は何回叱《しか》られるだろうと藍は溜息を吐いた。

それから六時に朝食。それが済むと、またうんざりするほど掃除、掃除、掃除だ。

この寺は、本堂と庫裏《くり》（住居部分）が廊下で繋がっている。本堂も結構な広さだが、瑞生も言っていた通り、地域の集会場ということもあってか、庫裏には大きな広間があったり、待合《まちあい》があったりと、迷子になるくらいの広さだった。

瑞生の祖父の代には、このあたりも比較的人が多く住んでいたようだったが、過疎《かそ》化が進んで、今では高齢者の世帯が多くを占めるらしい。

なので地域の催し物や、集会なども格段に減って、この寺へ訪れる人は昔に比べるとかなり減っているという。

だが、寺の手入れはしなければならない。また掃除は修行の一環だとも瑞生は言った。

怪我人の藍には瑞生は床磨きも、庭の掃き掃除もさせなかったが、その代わり——。

「飽きたー！　もうおれ、やだあ！」

藍は例の荒れている庭の草むしりをさせられていた。

「この庭の現状がひどい、っつったのおまえだろうが。ここにいるつもりなら草むしりくらいは手伝え。働かざる者食うべからずだ」

「うっわ、なにそれ。怪我人にむりやり仕事させちゃっていいわけ」

藍がわーわー我が儘《まま》じみたことを言っても、瑞生はにやにやと笑うだけで取り合ってもくれない。軽くいなされるだけなのだが、けっして藍に対してうんざりした顔は見せなかった。怒ることはあっても、遠ざけたり邪魔にはしない。

だから藍もつい甘えてしまい、調子に乗って言いたい放題に言ってしまう。

「座ったままでできるんだ。足には負担かけてないだろうが」

瑞生は藍の顔も見ずに一緒に草むしりしながらそう答える。

言う通り、しゃがみ込まず、地べたに尻をくっつけ、足を伸ばして座っていれば、足には負担はかからない。

が、どこからどう手を着けていいのか。この荒れ野原と化した庭をぐるりと眺めながら、遠い目になった。

「ったく……、ここにいろとか言うのもこき使うつもりだったのかよ。修行とかきれい事ぬかしやがって、あのクソ坊主……」

藍がぼやくと「何か言ったか」と地獄耳がぼやきを拾うらしく、すぐさま瑞生の声が飛んでくる。

「いーえ！　なんでもありませーん！」

文句も言えやしない。

鬼、悪魔、と藍は半ばふくれっ面をしながら、ブチブチと片っ端から草を引っこ抜いていった。

梅雨《つゆ》明けの太陽の光が容赦なく藍に降り注ぐ。

——ほら、これでもかぶっておけ。

熱中症予防のために麦わら帽子をかぶせられたが、じりじり脳天へ日光が突き刺さる。

「モデルが麦わら帽子かよ……」

瑞生に「似合うぞ」と言われたものの、壊滅的にセンスのないコーディネートを褒められても嬉《うれ》しくない。

麦わら帽子に、動きやすい楽な格好をということで、瑞生のTシャツとスウェットを借りたが、全くダサいことこの上なかった。しかも、首には汗拭《ふ》き用のタオルをかけている。

鏡で自分の姿を見たときにはくらりと目眩《めまい》がした。限りなくダサい。

自分の着替えがないため全て瑞生のを借りているから、サイズも合わなくてストレスは溜まる一方だ。ネットで注文してもらった着替えが届くまでの辛抱なので、我慢するしかないのだが。

結局、藍のアパートは解約となった。瑞生から連絡を入れてもらったところ、荷物は処分ということになり、それで片をつけたようだ。

なので、本当に本当の意味ですっからかんになってしまった。

「あちぃー」

暑さで首筋に汗が伝う。

瑞生は、と思って顔を振り向けると、彼も額に汗しながら、黙々と草を刈ったり、引っこ抜いたりしている。

額から伝って流れ落ちる汗をときどき泥だらけの軍手で拭《ぬぐ》っている横顔に思わず見《み》惚《と》れる。

自分にはない男らしさだ。

瑞生の所作に、藍はときどき見入ることがあった。動きがいちいち目をひくほどきれいなのだ。さすが僧侶というべきか。

目を奪われる。ついつい視線が瑞生を追いかけている、と藍自身も自覚していた。

ふっと瑞生が視線を上げた。まるで藍の視線に気づいたように。

「手、動いてないぞ」

言われて、肩を竦めた。

「はーい」

再び、手を動かし始めたが、やはり彼の方を見てしまいそうになる。

なぜそんな風になってしまうのか藍にはまるでわからなかった。

海辺の町だからか、吹く風が潮気をはらんでいる。若干ベタベタした風だが、その涼しさに爽快になる。

白いほっそりとした指に軍手をはめて泥と草の汁で汚し、むうっとする青い匂いと潮の匂いの交じった空気を吸う。

外で働くのはこんなにも楽しかっただろうか。気がつけば、藍は夢中になって草をむしり続けていた。

昼まで作業を続けたが、きれいになったのは猫の額ほどだった。半ばがっかりしていると「昼飯だ」と瑞生が呼びにきた。

いつの間に、瑞生は昼食の支度をしに行ったのだろう。いなくなったことに気づかないほど集中していたことに藍は苦笑する。

ぺったりと尻をつけて座っていたためか、立ち上がるのは厄介だった。ずっと同じ姿勢だったから、うまく力が入れられない。戸惑っていると、瑞生が側にきた。

「おい、肩に掴《つか》まれ」

瑞生に腕を取られ、左の脇の下に肩を入れ込まれる。

「あっ」

暑さで少しぼうっとしていて、瑞生に声をかけるのが遅れた。

「――――ッ！」

上腕に攣《つ》るような痛みが走る。

声にならない叫びを上げると、瑞生が驚いた顔をしてすぐに藍から離れた。

「痛いのか」

心配そうに覗《のぞ》き込まれ、まだ痛みに声を出せずにいた藍はただ頷く。

「すまない。悪かった」

殊勝に謝る彼に、藍は首を振る。

「……い、いいんだ。言わなかったおれが悪い……」

顰めた顔で、それだけを口にする。

痛みがひくまでややしばらくあったが、その間瑞生は何も言わずにしゃがみ込んで藍の身体を支えてくれた。

ようやく痛みがひくと、藍は口を開いた。

「驚かせてごめん。おれ……こっちの腕、うまく上げられないんだ。肩から上はちょっと無理っつか」

苦笑いと共にそう言うと、瑞生の目が僅《わず》かに見開かれる。

「そうだったのか。それは申し訳ない。知らなかったとはいえ、痛いことをさせた」

ぺこりと頭を下げる瑞生を見て、藍は身体の前でぶんぶんと手を振った。

「や、やだな。大したことないって。今はいきなりだったからだって」

「いや、そういうことじゃない。配慮が足りなかった。ただでさえ、足も痛めているのに」

「もういいから。大丈夫だし。な、それよりメシなんだろ。おれ腹減ったんだけど」

「ああ、そうだな。メシだ」

今度はとても気遣いながら、左側ではなく、右側へ回り込んで、藍を立ち上がらせてくれた。

「松葉杖は平気なのか」

脇の下に挟む松葉杖は痛みに障《さわ》らないのか、と訊かれて、藍は「それは平気。慣れないから使いづらいだけ」と答える。

「そうか。他に何かあったらすぐに言え」

甘やかすような声。

「あ、ああ」

普段ドSすぎる態度しかとらない男がやわらかく微笑《ほほえ》み、藍は戸惑う。

こんな顔もできるんだ。

「腕が上がらなくなった理由はなんだ」

庭を歩きながら瑞生が訊く。

「あー……。事故、っつか……まあ事故なんだけど」

歯切れの悪い言い方をしているという自覚はある。が、どこから説明していいものか。

「ん？　訊いたらまずいか？」

「ああ、いや、別に。あんたには世話んなってるし、隠すようなことでもないんだけど。どっから話そうかな、って思っただけで」

「そうか」

「や、おれ、一昨年までモデルだったんだけどさ」

「モデル？」

瑞生が怪訝そうな顔をする。

「うん。ほら、おれ、身長あんまし高くないじゃん。だからショーモデルってのは無理だったんだけど。広告とか、雑誌とか、そういう媒体で」

「なるほど。……確かに、おまえの顔は見場がいい。着てきた服もセンスがよかったし、そう言われれば納得するな」

瑞生に褒められて、藍は少し気分がよくなった。

「でも、事故で怪我して、そんときどっかいかれたみたいでこっちの腕上がらなくなったんだ。腕が上がんなきゃ、自由にポージングもできないんで。で、おれは結局モデルを辞めたってわけ。ま、いつまでもできる仕事じゃなかったしね。おれくらいのゴロゴロしてるし若いうちだけじゃん。だから全然気にしちゃいないけどさ」

自嘲気味に言うと「強がるな」と瑞生が真顔でぴしゃりと言う。

「自分のことをあまり粗末に言うもんじゃない」

けれど、それ以上は何も言わなかった。同情する言葉も、励ましの言葉も、何も。

その代わり、台所でテーブルにつくと冷たいサイダーを藍によこした。小さな気泡が弾《はじ》けて飛ぶ。

彼なりの慰めなのか、それともただ何の思惑もなく渡しただけなのか。

瑞生の気持ちなんかわからないけれど、気分を爽快にさせる飲み物で、さっき思い出した昔のことは、液体に含まれている空気と一緒に飛び出していった気がした。

それにしても、瑞生は小言が多い。

口やかましすぎて、おまえはおれのカーチャンか、とさえ言いたくなる。

「おい、人参《にんじん》残ってるぞ」

皿の上にはいくつかの人参の切れっ端が載っている。それを指して瑞生が言う。

「人参」

「…………」

「藍、人参」

黙っていると、追い打ちをかけるようにして言われる。

「人参くらいいいだろ。他全部食ったじゃん。おれ、人参だけはダメなんだって」

「人参だけ、って、おまえ昨日はシイタケだけは、つってたじゃねえか！　好き嫌いすんな！　だから栄養失調になるんだ」

「いいじゃん。好き嫌いくらい」

ぼそりと聞こえるか聞こえないくらいの小さな声で呟くように言うと、瑞生の鋭い眼光をぶつけられる。

「好き嫌いくらい、って、人参はダメ、シイタケはダメ、セロリも嫌な顔してたよな。あとはなんだ？」

「あとは……ピーマンとゴボウと……」

瑞生のこめかみがピクと動く。

「あとは？」

「………ブロッコリー」

そこまで藍が言い終えると、瑞生は大きく溜息を吐いた。

そんなに呆れなくてもいいじゃないかと思いつつ、藍は頬を膨らませる。

野菜が嫌いなわけじゃない。苦手なものが少しばかり多いというだけだ。

すると瑞生はしばらく考え込んだ素振りを見せ、それから「わかった」とこれまた呆れたような諦めたような口調でそう言った。

だがそれだけでは終わらず、瑞生の小言はまだまだ続く。

箸の上げ下ろしひとつとっても、迷い箸はダメとか、刺し箸はダメとか、その度ぺしぺしと手を叩かれて注意される。

「いいじゃん、こんくらい」

「いいわけあるか！　立ち居振る舞いってのは人を判断するひとつの基準になるもん

だ。いくら勉強ができても、仕事ができても、印象ひとつで評価が変わる」

行儀作法は教養だ、と瑞生は言った。

確かに、どんな美人でも、口の中に食べ物を入れながら喋ったり、箸の持ち方がおかしかったりすると、なんとなくイメージダウンする。

だが、瑞生の小言は食事に関してだけではなかった。

やれ洗濯物の畳み方が雑だの、ゴミの分別がなってないだの、ありとあらゆることを注意される。

「いかにおまえがこれまでだらしのない生活をしてきたかがよくわかるな」

そう呆れたように嫌みを言われたのは、アイロンがけを頼まれたときの失敗だ。アイロンの電源を切らずにトイレに行ってしまい、すっかり畳に焼け焦げを作ってしまった。

「古いアイロンだから、離れるときには面倒でもコンセントを抜けとおれは言ったはずだが」

「…………うん」

きちんと立てかけていたと思い込んでいたアイロンは、置き方が悪かったのだろう。藍がいない間に倒れてしまったらしい。すぐに戻ればよかったのだが、台所に行って冷蔵庫のものをつまみ食いして油を売った。

戻ってきたときには、焦げ臭い匂いが部屋に漂っているという始末だった。挙げ句、焼けた匂いに慌てたせいで高熱のアイロンにうっかり指を触れてしまい、指先に小さな火傷《やけど》も負った。

「一歩間違えたら火事だったな」

畳の上にアイロン型の焦げ付きが、まるで漫画のように残っているのを見ながら瑞生がそう言ったときには、藍もさすがにぞっとした。

そのときには瑞生は大きな声を上げなかった。けれどその分、憤《いきどお》りが大きいということに藍は気づいてしまった。声音が、冷たい。

彼がいつも大声で怒鳴るときでもそこにはどことなく愛情が感じられる。が、そのときばかりは欠片も感じられなかった。

「ごめ……ん。今度から気をつける」

謝っても、瑞生は藍へ声をかけるでもなく、そのまま黙って部屋を出て行ってしまった。

失敗した。

藍もこれはかなり反省した。今のアイロンはサーモスタット機能が働いて火がつくまえに電源が切れるとはいうが、もしそうじゃなかったら、と思うと瑞生の呆れ声も当然だと思う。

この寺は古い。防火設備など殆《ほとん》どないに等しいのだ。木造の寺はちょっとした火で燃え上がってしまうだろう。

今までの藍の子供じみた振る舞いをとやかく言われなかったのは、瑞生が大目にみてくれていただけだ。それを藍は全くわかっていなかった。小言はあったが、本気で怒られることがなかったから、藍は図に乗っていたのだと思う。

ここまでなら許される、ここからは許されないという、その境界線を見極めることすらしなかった。

瑞生の本気の怒りで、どれだけ瑞生に甘えていたのか、藍は今更にして思い知らされた。そして、自分がどれだけ瑞生に見捨てられたくなかったということも。

今、藍は彼の冷ややかな声にひどく打ちのめされている。

愛想を尽かされてしまったかもしれない。いい加減ここを出て行けと言われてもおかしくはなかった。

そもそも藍をここに置いておく道理など何もないのだ。ただの瑞生の好意にしかすぎない。

追い出されるにせよなんにせよ、やはりきちんと謝った方がいいかと思っていると、再び障子が開いた。

瑞生が救急箱を持って現れた。

「火傷、平気か」

ぺたりと座り込んでいる藍へ「見せてみろ」とゆっくり手を伸ばしてきた。

途端、なぜだか泣きたいような気分に襲われる。

見捨てられていなかった。瑞生に追い出されなかった。

胸の奥が、喉のあたりまでわけのわからないものでつかえている。

謝らなければ、そう思うのに、声が出ない。胸の奥で何か熱い塊がせり上がっていて声が出なかった。

「ごめん……なさい」

やっと言えたのは、瑞生に手を取られたときだ。

「何もなかったんだ。もういい」

彼は藍の手の、指先のすみずみまでじっと見た。

「水ぶくれできてるな」

言われて右の人差し指の指先に小さな水疱《すいほう》があるのを見つける。そういえばヒリヒりというよりは、ズキズキとした痛みに変わっている。

「冷やさなかったのか」

「……だって」

そんなことを考える余裕はなかった。

「赤くなってる」

瑞生は藍の指先を濡《ぬ》れたタオルでくるむ。

冷やすのはこれが一番効率的なんだ、と瑞生が言うのを藍はぼんやりと聞いていた。

「そんなことまでしなくていい。おれ、自分で冷やせるから」

瑞生がタオルを替えたところで藍は彼から逃れるように手を引いた。

「おまえに任せておく方が心配だ。いいから——ん？　どうした」

俯《うつむ》いて睫《まつげ》毛を伏せている藍に瑞生は訊ねた。

「なんでもない……。誰かに手当なんて……されたことなかったから、ちょっと恥ずかしい」

手だけを瑞生に預けているのに、まるで全てを委《ゆだ》ねている気がする。ほっと安堵《あんど》する気持ちと同時に、もっと彼のぬくもりをねだってしまいかねない後ろめたさに苛《さいな》まれる。未《いま》だ覚えたことのないくすぐったい思いに藍は戸惑う。

「おかしいやつだな」

「だって、慣れてない……」

瑞生は藍の表情を窺うように横目で見ながら、そうか、と言って、再び手を取った。

「だったら余計に黙って任せておけ。恥ずかしがることでもなんでもないだろうよ。手当てってのは実際に手を当てて治療したから手当っていうって俗説もあるくらいだ。まあ、その説は本当は違っているらしいが、おれはそうは思わない。やっぱり誰かに世話をされるのは、いくらかの治癒《ちゆ》効果があるんだとおれ自身は信じてるからな」

ただ手に触れられているだけだ。

指先は濡れたタオルで覆われているから、冷たいはずなのに、優しくじんわりとしたものが身体の中に流れてくるような気がした。

誰かに世話をしてもらうというのがこんなにも胸を熱くさせるものだとは。

「大したことなくてよかった。風呂入ったりしたらちょっと痛むかもしれん。少し我慢しとけ」

軟膏《なんこう》を藍の指先に塗り、瑞生は絆創膏《ばんそうこう》をくるくると器用に巻く。

「……ありがと」

「次は気をつけろ」

「うん……」

他にもっと何か彼に言いたかった。きちんとお礼も言いたかったし、反省しているとも言いたかった。けれど何も言葉が出てこない。

「ガキならここで、ゲンコツかケツひっぱたいてるとこだけどな」

ハハハ、と瑞生が笑う。いつもの彼だ。藍はほっとする。

「ゲンコツでもいい……けど」

「そうだな。やっぱり悪いことしたらバツは必要だな」

歯食いしばってろ、と言うなり、藍の頭にゴツンと拳が落ちる。

「いってえええええ！　ま、マジでゲンコツとかするか？　普通！」

目から星が出るかと思うくらい、痛かった。

「何言ってんだ。おまえがゲンコツがいいっつうから、ゲンコツにしたんだろうが。ケツひっぱたかれた方がよかったか」

「んなわけねえだろ！　こっぱずかしい。大のオトナがケツ叩きとかあり得ねえし！」

「なんだ、残念」

ははは、と瑞生がまた笑い声を上げた。

瑞生といると、自分が本当に子供になったような気がする。子供の頃は叱られるときに、ゲンコツを食らうなんてことはなかった。その代わり、罵倒《ばとう》する言葉と冷ややかな視線が送られるだけだった。

身体的な痛みはなかったけれど、こうしてゲンコツを食らう方が心の痛みは少ない気がする。

「つか、この前からあんたおれのこと何にも訊かないのな」

「なんだ、訊いてほしいのか？」

「や、そういうわけじゃないけど」

なにも藍の方から切り出すことはなかった。なのにそんな風に訊ねてしまったのは、この他愛《たわい》もないやりとりがあまりに心地よかったせいだ。

「じゃあ、おまえが話したくなったら話せばいいことだ。無理矢理おれが聞き出したところで、それがおまえの本心じゃなかったら意味がないだろう。おれは確かにおまえのことを何も知らない。おまえという人間がどういう人間なのかもわからない。けれど、こうやって話をしておまえという人間をこれから知ることはできる。それでいいんじゃないか」

穏やかな瑞生の声がひたひたと藍の胸に満ちていく。彼と話をしていると、気持ちが楽になる。

「藍──」

救急箱の後片付けをしながら、瑞生が藍に声をかけ、瑞生は藍にあるものを手渡した。

硯《すずり》と墨《すみ》と筆。そしてお経が書かれたお手本と紙。

「やってみろ」

写経しろと、瑞生は言った。

「なんで。おれ、興味ねえし」

「いいから。きっとおまえには必要なものだ。やり方は教えてやる」

有無を言わせぬ口調の瑞生に、藍は逆らえなかった。写経しろという、瑞生の意図はわからなかったが、やれというならやるだけだ。

特にこんなヘマをした後では、言う通りにするしかなかったし、それに朝夕のおつとめで、瑞生の読経を聞いて、お経というものに少し興味を持ったこともある。

初めのうちは、つまらないとしか思えなかったが、毎日朝夕二回ずつ聴いているうちに徐々にその声が、リズムが身体の中へ自然と入り込んでくる。

瑞生の経を読む声は心地いい。歌を聴いているような気分になる。何を言っているのかはさっぱりだが。

「その指の痛みがなくなってからでいい。毎日続けてみろ」

指先の火傷は手当が功を奏したのか、翌朝には痛みが消えていた。水疱があるから まだ指には絆創膏を貼ったままだが、筆を持つにはそれほど支障があるわけでない。

瑞生に言われた通り、藍は写経を始めた。

写経の手本は般若心経《はんにゃしんぎょう》だと瑞生は言った。

藍は瑞生が用意してくれた椅子に座り、机に向かった。

指図されるままに、硯で墨をする。墨の香りがぷんと鼻腔をくすぐった。ゆっくりと墨をすっていると、不思議と気持ちが落ち着いてくる。

朝の清々《すがすが》しさもあるのかもしれない。

筆にすりたての墨を含ませ、一文字、一文字を丁寧に書き写す。一文字ごとに息を吸い、その一文字が終わると一気に息を吐き出す。

書いている間は息を詰めてしまう。

吸って、止めて、吐いて。

呼吸のリズムと、間違えたらやり直しという緊張感。ただひたすら文字を書くというそれだけの作業。

たった数行書いただけなのに、ひどく疲れた。

「疲れただろう」

区切りのいいところまで写経を終えて、ぐったりしている藍の肩に瑞生が手をかけた。

「……うん」

しかし、その疲れは嫌なものではない。

集中したあとの疲労感の心地よさはかつて藍も経験していた。モデルの仕事のときがまさにそうだったからだ。真夏の黙っていても汗が流れる時期に冬の服を着たり、また逆に寒風吹きすさぶ真冬に夏の薄手の服を着たりもしなければならない。着ているものをより魅力的に見せるため、何時間もカメラの前で笑顔を作るのは、人が思っているよりもずっと過酷だ。

そんな中でいい撮影ができたときはとても嬉しくて疲れも気持ちよいと思ってしまうくらいだった。

「でも、結構楽しかった」

「そうか」

瑞生は満足そうな顔をする。

「だったら、続けろ。これは頭を空にできる。何も考えず、ただひたすら字を書いているうちに、見えてくるものもあるからな」

瑞生の言っていることは、にわかに全てを理解できるものではなかったが、集中することで余計なことをそぎ落としていく感覚を覚えたのは確かだ。心の中のいらないものは捨てられて、そして別の新しいものを受け入れられる空間が作られる、そんな気分になる。

きっとおまえには必要なものだと言われた意味がちょっぴりだけわかった気がした。

日にち薬、とはよく言ったものだ。日に日に足の怪我の具合はよくなっている。

「若い人は治りが早いねえ」と、初老の診療所の医師に言われ、思っていたより早く松葉杖も取れた。あとは湿布と固定で様子を見るだけだ。

診療所から戻ると瑞生が本堂の前扉を開けて、仏具の手入れをしていた。

「おう、藍。帰ってきたのか。松葉杖は？」

「もういいって。あとは無理しないように固定しておけって。次の診察は来週」

一通り病状経過を説明すると「そうか。そりゃよかったな」と笑顔を見せた。

「で、何やってんの」

瑞生の傍《かたわ》らへ行き、ずらっと並んだ仏具や仏像を見ながら藍は訊いた。

「ああ、たまには、きちんと磨いてやらないと。虫干しみたいなもんだ」

「ふうん」

「ふうん、じゃねえぞ。おまえも手伝え。ほら、そっちの仏様、心込めてきっちりきれいにしろ」

「えー」

ぶつくさ言いながらも磨き布を受け取り、いくつかの仏像の前に座る。多くは木彫りで古いものらしく、煤《すす》けた色合いだ。それから、金属でできたもの。これは青銅だろうか。緑青《ろくしょう》が浮いていい色合いになっている。

「えー、じゃねえ。気をつけて磨けよ。この寺にある仏様、イイ感じでイイ高値だからな。壊したら承知しねえぞ。あと、緑青は取らなくていいから。埃《ほこり》だけ、きれいにしておけ」

そう言って瑞生は立ち上がる。

「じゃ、あとは頼む。おれはちょっと出かけてくるから」

「なんだよ。おればっか掃除かよ。ずるくね」

てっきり一緒に作業するのかと思っていたのだが、瑞生は出かけるらしい。

「おれの代わりにお経上げてくるか？　おれはそれでもいいけどな」

「うぜえ、お経上げるなんてできるわけないじゃん。わかったよ。掃除しとけばいいんだろ。やっておくから」

憎まれ口を叩くのは、まだ素直になれないからだ。可愛《かわい》げがないのは承知の上だけれど、甘えるなんてことは到底できそうにない。

「手抜きすんなよ」

ダメ押しとばかりに念を押され、はいはいと藍は返事をする。

瑞生が出かけてしまって、藍はひとり、仏像たちと向き合った。

「こき使いやがって」

口では文句を言いながらも、藍の手は止まることはなかった。

仏様をぞんざいに扱えば、とんでもないことが起こりそうだし、手抜きをするとあとからまたくどくどと瑞生が小言を言うだろう。畳にアイロンの焼け焦げを作って以来、きちんとしようと藍は気をつけている。とはいえ、まだまだ叱られてばかりだけれども。

「きれいにして見返してやるか。……つかホント、細工とかすげえわ」

感嘆の息を吐きながら、布で細かいところの汚れを取る。ここにくるまでは仏像なんて全部同じだと思っていた。が、よく見ると全然違う。不思議だったのは、その時の気分で同じ仏様でも表情が違って見えるということだった。

仏様に気持ちを見透かされているとよく言うが、そう思うのも当然かもしれない。

温かな表情の仏像は今、藍に笑いかけてくれている。

「きれいにしような」

仏像に語りかけながら、丁寧に、慎重に手を動かした。

これも写経と同じことなのかもしれないと、藍が思ったのは二つ目の仏像に手をかけたときだ。

なぜ瑞生は藍に写経や、仏像の掃除などを敢えてさせているのだろうか。

単に、藍が治るまでここに置いておくというだけのつもりなら、掃除や手伝いはともかく、写経などさせなくてもいい。写経をしてみたい、修行したいと体験を望む者が巷には多いと聞くが、望んだわけでもない藍にそれをさせても藍はすぐに出て行く身だ。

きっと、藍の中に巣くっているもやもやとした不安や怯《おび》えみたいなものを、彼が感じ取ったからなのではないかと思う。その不安や迷う気持ちを、こういった行いを通してまずは落ち着いて足もとを見ろと暗に言っているのだろう。

けれど、本来彼が藍のことを気にかけなくてもいいはずなのだ。ただ成り行きで拾っただけの男をそこまで。

それに、と思った。

それに、今だって、藍を野放しにして仏像の手入れをさせている。

瑞生はこの中に結構な高値の仏像もあると言った。

ここには藍ひとりきりだ。これらの仏像を盗んで逃げることだってできる。なのに、彼は藍にこの仕事を任せて出かけていった。

藍がこの町でしようとしたことを瑞生は知っている。その上で、今こうして藍をひとりにしている。

信用してくれているのか。

ぽとり、と握った布の上に水滴が落ち、水玉模様ができた。

人を信用するというのは、余程でない限りできない。なのに、瑞生はこんな得体の知れない自分のことを信用してくれている。

ここへ来てからずっと涙腺がおかしい。壊れきっている。自分はこうもメソメソと泣くような人間ではなかったはずだ。なのに勝手に涙の粒がぽろぽろ落ちていく。

信用されることに慣れていないせいか、どうやら感情がコントロールできないでいる。次から次へと涙がこぼれていた。

ぐすぐすと鼻を啜りながら、藍は懸命に手入れをする。大事に、大事に。

手入れの終わった全ての仏像の顔が、藍へ向かって微笑んでくれているように見えた。

瑞生が帰ってきたのは、藍が仏像も仏具もピカピカに磨き終えたときだ。

「終わったか」

暢気《のんき》な声の瑞生に「ああ。もう完璧」と答える。

「やればできるだろうが。すごくきれいになってる」

感心したように瑞生が言い、広げたそれらを片付け始めた。

「あのさ、あんた、おれがこの仏像持って逃げるとか考えなかったのかよ」

瑞生の背中に藍は問いをぶつけた。瑞生は振り返る。

「逃げないだろ、おまえは」

「そんなことわかるのかよ」

「わかるよ。おまえは逃げない。現に逃げてないじゃないか」

そう言ってふっと笑う。その顔が磨いた仏様のように穏やかだ。

「……ありがと」

ぼそりと、聞こえるか聞こえないかくらいの声で藍は礼を言った。

「ん？　何がだ」

「……信用してくれて……」

「何だ、おかしいやつだな。おまえはここを出て行く気になったらいつでも出ていけただろうが。財布だってなんだって置きっ放しにしているのに、盗みもしない。だろ？　そういうことだ」

「……でも、おれ今まで裏切られてばっかだったから……嬉しくて」

話、聞いてくれる？　そう続けた藍に瑞生は優しい声で「ああ、いくらでも聞いてやる。話したいだけ、話せ」と目線を藍に合わせてそう言った。

「ありがと……。あのさ――」

藍の口から自然と言葉がこぼれだす。

今まで誰にも言えなかったもの……いや、言う相手もいなかったからなのだが、せき止められていたものがあふれ出すように。

「この前、おれ、モデルしてたって言ったじゃん。でも、あの世界って、他人蹴落とすのとか平気なんだよね。で、おれはライバル視されてたヤツらに階段から落とされて、鎖骨から肩の骨を骨折して……」

狭い階段でわざとぶつかってきたが、故意ではないと主張され、目撃者もなかったため単なる不幸な事故として片付けられた。

「そしたら、入院している間に、そんとき付き合ってた彼女に、おれの有り金全部持ち逃げされてさ。入院費も払えなくて、とりあえずキャッシングしてその場はしのいだんだけど」

それからは転落の一途だった。

ポージングのできないモデルはモデルではないと、藍は呆気《あっけ》なくお払い箱になった。食べるためとキャッシングの返済のために、モデル時代の遊び仲間だった男にホストクラブを紹介されて働き始め、これでなんとかなると思っていた。が、そこがたちの悪いところだったのだ。

更に藍は金を搾《しぼ》り取られ、収入はマイナスに。にっちもさっちもいかず、とうとう街金に手を出してしまった。

そこで街金に紹介された仕事がこの前のアレだったわけだ。

藍の話を瑞生は嫌がることもなく黙って聞いた。

「ごめん、変な話して」

瑞生は子供にするように藍の頭をぽんぽんと叩いて「大変だったな」と言う。

「でも、犯罪はよくないな」

「わかってる……わかってるって」

「他ではやったのか」

藍は首を振った。

「この前のが初めてだよ。後は何にも」

「そうか。……借金はどのくらいあるんだ」

「借りてるのは元金が五十万。でも、利息が」

おそらく利息込みで百万以上にはなっていると思う、と藍は瑞生に告げる。

「藍、その街金教えろ。詳しいやつに聞いておくから。なんとかその借金が増えないようにしないとな」

うん、と藍は頷いて、街金の名前を教えた。

「あとは……そのホストクラブと例のリサイクルのあれだな。連絡先わかるか。なんでもいい。そういや、おまえ携帯持ってなかったけど、携帯は？　ないのか？」

「携帯は……金かかるし、ホストクラブ辞めたときに解約してる」

携帯は用済みだった。あっても自分から連絡をするような人間もいなければ、かかってくるような相手もいない。付き合っていた相手に手ひどい裏切りを受けてからは、女と寝るのも怖くなったから誰とも付き合っていなかった。それにモデル時代の友人や知人は仕事のない藍には見向きもせず、連絡もしてこない。だから何の意味もなさない携帯は解約してしまったのだ。

「なるほどね。じゃあ、そのリサイクル詐欺の関係の連絡なんかはどうやってつけてたんだ？」

「あー、あれは、街金の事務所に利息返しに行ったとき、すぐに仕事のレクチャー受けろっつって、どっかの事務所に行かされたんだよね。で、言われるまま行ったら、簡単なレクチャーされて、ついでに打ち合わせもしてさ。車用意してやるから、ってことで日時指定されたんで、その場所に行ったら、あのポッチャリがいたってわけ。ポッチャリの他には冴えないオッサンもいて……そのオッサンにあれこれ指示出されたんだけど」

ふうん、と瑞生は考える素振りを見せた。

こういう仕草はいつもの瑞生と違う。まるで別人に見える。やけに詳細に訊かれるが、その質問の内容も、世間話の域を超えている。

まるで警察の職務質問にでも遭っているようだ。

そういえば、と藍はあることを思い出した。

「あ、そうだ。その仕事の内容を指示したオッサンなんだけど、ちょうどおれらに指示してるとき、そいつの携帯に上の方っぽい人間から連絡が入ったんだよね」

多分あれは上の組織の人間からのものだった。電話で話す男の態度がヘコヘコと腰が低かったから、多分そうだろう。携帯は車に置きっぱなしで、着信が鳴ったとき男は少しの間車を離れていた。藍が先に着信に気づいて男に知らせると、すぐに電話に出たのだが、その僅かの間、藍は見るともなしに、ディスプレイに表示された着信相手の電話番号を見ており、そして記憶していた。

「よく覚えていたな」

覚えていた電話番号を瑞生に告げると、驚かれる。

「それがさ、その番号の並びって、おれの高校のときの学生番号だったんだよ。だから。じゃなきゃ覚えてないって」

藍は笑う。偶然とはいえ、面白いなとそのときは思っただけだが、まさかここでこんな話をするとは。

「わかった。おまえがやっていないっていうならやってないんだろう」

「あんた、おれの話信じてくれんの」

「おまえに何のメリットにもならん話だろうが。嘘を吐く意味がない」

その言葉を聞いて、藍はほっとする。

また、心の奥にわだかまっていた色々なものが、少しだけ晴れた気持ちになる。

「借金のことは、一緒に考えてやるよ。おまえひとりじゃ心許《こころもと》ない」

「ひでぇ」

「まあ、ひとりより二人の方が知恵が出るってもんだ。足が治るまでゆっくり考えればいいさ」

瑞生のおおらかな笑顔に藍は目を細めた。


正覚寺という寺は、来客が多い。

来客というより、立ち寄って世間話に来る、という方が正しいかもしれない。

あれ食べて、これ食べてと食べ物の差し入れも多く、そのついでに世間話や相談事をするという感じだ。

このあたりは高齢者の世帯が多いからなのか、瑞生は力仕事を頼まれることもよくあって、確かに彼のあの身体つきなら頼まれるだろうなと藍も思う。しかもやけに器用なのだ。ちょっとした日曜大工的なことなら簡単にやってしまうため、随分と重宝されている。

けれど、彼はけっして嫌な顔ひとつせず、手伝いに行く。それは藍も素直に瑞生をすごいと思うところだ。

おかげで藍も近所の人たちとは顔見知りになり、挨拶くらいはするようになった。

今日も広間の方が、ざわざわと騒がしい。

台所で水を飲んでいると、先日寺を訪ねてきた隣のカヨが「あら！　藍ちゃん」と声をかけてきた。どうやらお茶の準備をしにきたようだ。

この台所は寄り合いなんかがあると勝手に使われるため、こういったことは日常茶飯事だ。藍も初めはびっくりしたが、今ではすっかり慣れた。

すっかり近所のガキ扱いだな。そう思いながら「こんにちは」とにこやかに挨拶する。

「賑《にぎ》やかっすね」

「婦人会の会合なのよ。もうすぐ夏祭りなんでね、その準備で」

「婦人会？　夏祭り？」

突如飛び出した単語に藍はついていけない。思わず聞き返す。

「八月入ったら、ここらでも夏祭りするのよ。それで町内の婦人会も準備に駆り出されてるの」

聞くと、露店や催し物もあり、この地域ではもっとも大きなイベントらしい。

近所付き合いというものには、藍はこれまで縁がなかった。ここにくる前にいたアパートでは、自分以外の住人と顔を合わせたことは殆どなかったし、実家にいたときも、両親は町内会だとか自治会だとか、そういった付き合いを敬遠していたから、藍が関わることも全くなかったのだ。

だから、なんだかその響きは新鮮で興味をひかれた。

「へー、楽しそう」

思わず口をついた。するとカヨが「そうだ」とポンと手を打った。

「ねえ、藍ちゃん、あんた手伝わない？　正直人手が足りてないのよ。手伝ってくれるならありがたいんだけど。っていっても、無理にって言わないわよ」

すると瑞生が台所に顔を出す。

「あ、瑞生おかえり」

「ただいま。ああ、これ冷蔵庫入れておいてくれ」

ポンといくつかの桃が入ったカゴを手渡される。よく熟しているらしく、甘い香りが漂ってくる。

「旨そう……！」

「夜にでも食えばいい」

やった、と思っているところにカヨが横から「ねえ、瑞生さん」と口を出してきた。

「ちょっと藍ちゃん貸してくんないかしら。飾りの花作る作業が、ホラ、清水《しみず》さんが入院しちゃったじゃない。だもんで、人手が足んないのよ」

話を聞いて、瑞生は藍の方を見る。

「藍は話聞いたのか？」

「あ、今、ちょっとだけ」

「どうする？　おまえ次第だが。やれそうなら手伝ってやってくれ」

どうする、と訊かれて藍は瑞生へ視線を向ける。好きにしろ、と言っている顔だ。

近頃瑞生のこの目つきの悪さにも随分と慣れた。どうやら少し近視気味らしく、顰めるような目をするのが癖《くせ》にもなっているのだと、一緒に暮らすうちにわかってきた。

藍は今度はカヨへ視線をやった。

カヨは相変わらず明るい顔をしていたが、今日は少し疲れている様子だ。いつものマシンガントークにキレがない。よほど忙しいのか。藍は少し心配になる。

「いいよ。おれでよければ。あ、でも、力仕事は瑞生みたいに筋肉ないから、無理だけど」

「やだ、藍ちゃんに力仕事なんかさせらんないわよ。あたしより力ないでしょ、きっと。でも嬉しい。助かるわあ」

引き受ける返事をして、もう一度瑞生を見ると、目元がやわらかい。

それを見て、藍の心臓が小さく音を立てた。

——あ……。

感じた心臓の鼓動に戸惑いながら、藍はカヨに引っ張られて、婦人会のメンバーが集まっているという広間へ連れて行かれる。

覚えがあるような、ないような、胸の奥がくすぐったくなる感覚を、見て見ぬ振りして藍はカヨの後をついて行った。

「こちら藍ちゃん。今日から手伝ってくれることになったから」

そう言ってカヨは藍を紹介した。

十人ほど年配の女性が並ぶ中、ぐるりと見回すと、この間藍がリサイクル業者と偽って入り込んだ家のセツがいた。

(うわ……っ、やべ……っ)

失敗した。どうしよう。今すぐに逃げ出したい衝動に駆られる。

「あら！　あなた！　この間の」

案の定声をかけられて、藍は身の置き所なく次に何を言われるかとビクビクした。

「足の怪我は、大丈夫？」

なのに次にセツに言われたのは、藍を気遣うものだった。てっきり非難する言葉が出てくるのかもと思ったがそうではなかった。

「この前は災難だったわね。不可抗力とはいえ怪我しちゃって。そのせいでお仕事お休みすることになっちゃったんでしょ。平気？」

「あ、あの……」

「瑞生さんが言ってたわよ。しばらくこっちにいるから、って。まあ、東京よりこっちの方が少しは涼しいから、夏休みだと思ってゆっくりすればいいんじゃないのかしら」

おっとりとした口調でセツに言われ、藍は拍子抜けした。そんな風に瑞生は藍をみんなに説明していたらしい。

「ほらほら、こっちにいらっしゃい」

手招きをされて、藍はセツの横に腰掛ける。

作業は、夏祭りの夜に練り歩く山車《だし》につける、花などの飾りを作るものだった。出来合いのものも入手はできるが、ここでは経費削減のためにひとつひとつ手作りするという。

「少しでも、節約しないとね」

完成品より材料を買って作った方が安いというので、毎年婦人会がこの作業を引き受けているのだと言った。

人口が少なくなっているため、祭りに割り当てられている予算が減っているというのが理由のようだ。

そんな話を聞きながら、藍も一緒に手を動かしていた。

「あら、藍ちゃん、うまいじゃない」

褒められると、嬉しい。小学生に戻った気にもなるが、素直に嬉しいと思える。

「そうかな」

「うまいうまい。なんだか嬉しいわねえ。息子や娘が小さいときはこうやって一緒に手伝ってくれたもんだけど、今は家に誰もいないから、こんな風にお喋りしながらお仕事するのも久しぶりだわ」

　セツがふふふ、と嬉しそうに笑う。

「お子さんは今どこにいんの？」

「息子と娘がいて、息子は東京にいるの。瑞生さんよりもちょっと上のおじさんだけど、昔は可愛かったのよ。娘も結婚して、今は海外でね。主人はとっくに亡くなってしまったし。そうそう、この前藍ちゃんが来てくれたときは、ちょうど主人の月命日だったのよ。だから瑞生さんがお経上げにきてくれたの。それがこんなことになっちゃうなんてねえ」

　ごめんね、とセツに謝られて、藍は泣きそうになった。

　やっぱりこの足の怪我は、バチがあたったのだ、と改めて思う。セツの夫の月命日に悪いことをしようとしたから、見かねた仏様が仏罰を与えたのだ。

「そうそう、藍ちゃん、そういえばこの前お話ししたときおうちの人から反対されて、おうちを出たって言ってたでしょ。仲直りできないの？」

　そうだった。あのとき、セツの家で藍は自分の身の上話をしていた。半分作り話だったが、しかし家を出たくだりに関しては本当のことを言った。どうやら彼女はその話を覚えているらしい。

「う……ん、どうかな。おれ、嫌われてるから」

両親はどちらもいわゆる高級官僚だった。今はそれぞれ、天下《あまくだ》りして省庁の関連団体でそれなりの役職にある。一番上の兄は医師で、その下の姉は弁護士。藍だけが落ちこぼれだ。

藍だって、成績はそう悪くはなかった。ただ、ずば抜けてよくはなかったというだけだ。

昔から服飾関係に興味があって、そっちの道に進みたいと言うと、家族全員に白い目で見られ、そして反対された。全員がエリートの家族には理解されがたかったようだ。

——どうしても行きたいなら、自分で稼ぐんだな。

多分、父親も母親も、藍が反抗しないと踏んだのだろう。おとなしく、両親が勧めるままの大学に進学すると思っていたのだろうと思う。だが諦められずにいた。

ちょうどその直前、進学したい専門学校を見学に行ったときに「モデルに興味はないか」と声をかけられたのだ。

渡りに舟と、藍はモデルのアルバイトを始めた。親には内緒で。だがそれも知られてしまい、父親にしたたかに殴られた。後にも先にも親に殴られたのはそれきりだ。

それがきっかけで、藍は家を飛び出した。

専門学校への進学は先延ばしにして、藍は家を出て自活することにした。モデルの仕事が増えてきたこともあった。

それ以来、家には足を踏み入れていない。きっと藍の現状を知ったら、そら見たことかと冷ややかな視線を投げてよこすだろう、そういう人たちだ。

藍の沈んだ表情にセツも「そうね」と相槌を打つ。

「家族って難しいわよね。でも、いつか仲直りできるといいわね。やっぱり仲が悪いよりはいい方がいいもの」

セツの言葉に藍は曖昧に笑った。とても家族とは仲良くできそうもないけれど、そんな言葉を彼女に聞かせたくはなかった。

「私も、息子が東京に来いって言ってくれてるんだけれど、私はずっとここにいたいのよ。ここしか私は知らないから。そろそろ家の手入れも辛《つら》くはなってきているし、寂しいと思うときもあるんだけれど、それでもねえ」

セツのまぶたが伏せられる。

「あ、あのさ」

あまりに寂しそうな彼女の顔に耐えられず、藍はつい言葉を投げた。

「なに？」

「おれ……おれでよかったらいつでも話相手になるから。おれじゃあ、つまんないかもしれないけど」

そんな風に言うつもりなんか、さらさらなかった。これ以上彼女に関わるつもりなんかなかったのだ。でも。

「まああ、私こんなにおばあちゃんなのよ。藍ちゃんの方がつまらないでしょう。いいのよ、無理しないで」

「そんなことないって。おれ……」

どう言っていいのかわからず、藍は言葉を探す。

「おれ、セツさん好きだよ」

藍が生まれたときには祖父母は亡くなっていたから、祖父母の顔は知らない。けれどセツのような祖母がいたら、藍の人生はどうだったろうかと、ふと思った。

おっとりとして優しい、彼女のような祖母がいたら、自分の人生は少しは違っていただろうか。

「そう言ってもらえると嬉しいわね。じゃあ、夏祭りまではこうしてしょっちゅう会うのだし、藍ちゃんがここを出て行くまでは話し相手になってもらおうかしら」

そんな風に言って、にこにこと笑うセツの顔を見るだけで癒やされる。

こんな人を自分は欺そうとしていたのかと思うと、いたたまれなくなるが、少しでも罪滅ぼしができればいいと、藍は作ったばかりの飾りの花をそっと撫でた。


ここは静かなところだが、虫の声だけは騒音だと思う。殊に蝉《せみ》の声は朝も夜もなく大合唱で、窓を開けていると尚更だった。

だからはじめ、瑞生が何を言っているのかすら聞き取れなかったくらいだ。

「え？　なに？」

「これ漁協のトシさんから」

瑞生が檀家に寄ったあとで、声をかけられ持たされたのだという、キンメの干物を手渡された。

「トシさん？　誰、その人」

聞いた名前に心当たりはなく、藍は首を傾げた。

「おまえ、昨日おっさんを診療所連れていかなかったか？」

言われて、そういえば、と藍は思いだした。

このところ、夏祭りの準備の他にもセツの家に行ってあれこれ手伝いをしているのだが、その帰りのことだった。

道端に苦しそうな呻《うめ》き声を漏らし、蹲《うずくま》っている男がいたのだ。額には脂汗《あぶらあせ》をかいており、尋常ではないと判断した。

どうしたと声をかけたところ、胸ポケットに入っている薬を口に入れてくれという。

ホストクラブにいたときに、同じようなことを言われたことがあった。

心臓が悪い人だった。おそらく同じなのだろう。胸ポケットの中に入っている錠剤は以前見たものと同じように赤い包装がされている。

以前頼まれたときのように、男の舌の下へ錠剤を押し込めた。飲ませてはダメだと言われたことも思い出した。

しばらくして男の表情が少し和らいだ。が、このままにしておけないと、藍は肩を貸して診療所まで付き添ったのだ。

「うん。心臓かなんか悪かった人だろ?」

「そのおっさんが、トシさんだ。これ、おまえにってさ。昨日の礼だと」

手渡されたキンメの干物はやたらと立派なものだった。

たいしたことはしていない。ただ薬を飲ませて肩を貸しただけだ。

「あの道はなかなか人が通らないからな。おまえが通りかかってくれてよかった、って言ってたぞ」

「でも、おれ別に名乗ったりしなかったけど。それにおれ大したことしてないよ」

診療所に着くと、すぐに帰ったのだ。自己紹介もしなかったし、どこに住んでいるとも言わなかった。

「診療所で聞いたんだとさ。まあ、もらっとけ。今日の夕飯にしよう」

「うん」

焼いたキンメは、脂がのっていて、途轍《とてつ》もなく美味しかった。今日はこのキンメとそれからセツにもらった煮っ転がし。そして豚汁《とんじる》だ。

豚汁の中に入っている人参を除けようと箸を動かすとすぐさま「人参残すな」と見透かされたように声がかかる。

しぶしぶ顔を顰めて飲み込むが、やっぱり美味しくないと思う。どうして人参というやつは、と思いながら、仕方なく人参だけを真っ先に選んで丸飲みする。そこへ汁を流し込んだ。

人参はいただけなかったが、今日の夕飯はとても美味しかった。

「旨かったな」

藍は頷いた。本当にここの食事は美味しい——ただし、食べられないものを除いて、だが。

「おまえももう少し好き嫌いがないといいんだがな。少しは克服しろ」

「結構克服したと思ってんだけど」

「まだまだだな。セロリを生で食えるようになるのが目標だ」

「何の目標だよ、それ」

べーと藍は舌を出す。

「でも、あんたの料理は……おれ、好きだ。旨い」

そう言ってから照れ臭くなって、そっぽを向く。

「そりゃよかった。せっかく食うのにまずいとがっかりするもんな」

「でも、料理って、あんたどこで覚えたの。坊さんの修行でも料理とかするわけ？」

「まあ、修行に行った寺でも料理当番はあったけど、おれの場合は、母親を早くに亡くしてたからな。ここでじいさんに仕込まれた」

この寺は祖父から継いでいると以前瑞生は言った。ふと、後継ぎ、という言葉が藍の頭の中に浮かび上がる。今は瑞生がいるが、今後この寺には後継ぎが必要になるのではないか。

瑞生だってかなりいい年だ。結婚は考えないのだろうか。誰か付き合っているひとはいるのか。藍がここにきてからこっち、彼に女の気配はない。

「あんた結婚はしないの。嫁さんいれば楽なんじゃないの」

嫁さん、という言葉を口にした途端、思いの外、ずしんと何か大きな衝撃が藍の胸を突いた。自分で言ったくせに、なんだか言ったことを後悔する。

ここには自分と、彼だけいればいい、とそう思った。この心地よい空間に、他の人間はいらない。そんな身勝手な考えを抱きながら、瑞生の返事を待った。

「結婚か。こんなド田舎の貧乏寺に、嫁の来手なんかねえよ」

あっさりと言われ、藍は内心でほっと胸を撫で下ろす。そしてなぜほっとしているのか、と不思議な気分になる。

「ま、そうだよな。そんな物好き――」

そう言いかけたところで「美人で気立てがいい嫁が来てくれるならいつでも大歓迎だがな」と瑞生が笑う。

なぜだかその言葉が藍の心へチクリと棘《とげ》のように刺さった。

ひと月も経つと、足の怪我も完治し、すっかり藍もここの人間のようになりつつあった。

瑞生が出て行けと言わないのをいいことに、藍は変わらず正覚寺にいる。

婦人会のおばちゃんたちとはすっかり仲良しだが、近頃は漁協にも出入りするようになってトシさんや他の漁協の人たちともよく話すようになっていた。ずっと昔からここに住んでいたかのようだ。

「藍、悪いがこれから出かける。あとよろしくな」

八月に入ると、瑞生は頻繁《ひんぱん》に寺を空けるようになっていた。

棚経《たなぎょう》をあげに一軒一軒檀家を回るのだ。この棚経というのは、お盆の期間中僧侶が各家々に出向いて、その家の仏壇の前でお経を上げることだという。基本的には十五日をまたいだお盆の期間一週間ほどのようだが、寺によってその期間は異なるらしい。

正覚寺は割合遠いところまで檀家があり、全部回るには一週間ではスケジュールが厳しいため、八月の声を聞くなり瑞生はたびたび出かけるようになっていた。

ここのところ、暑さが厳しく、気温が三十五度を超える日もある。

なのに瑞生はきっちりと法衣を着て出かける。

黒の法衣の下には、白衣《びゃくえ》という着物、その下に襦袢《じゅばん》を着ているから、かなり暑く汗だくになる。帰宅すると汗の塩分で法衣に白くまだら模様が描かれているのは毎日のことだった。藍もモデル時代に真夏にセーターやらダウンやらを着込んだ経験があったから、瑞生の気持ちがよくわかる。

ただ、いつも出かけるときに着ている黒い法衣は実は改良衣《かいりょうえ》と呼ばれるもので、これでもまだ楽な方らしい。

とはいえ、帰ってくるなり瑞生は着ていたものを全部脱ぎ出すので、その様子を初めて見たとき藍は驚いた。が、今では慣れたし、その着込んでいる量を見て瑞生が裸になりたくなるのも納得できる。男同士で遠慮がないせいか、平気でパンツ一枚でそこいらを歩き出す。

それは行儀が悪くないのかと、ときどきツッコミを入れたくなるが。

——あいつ、いい身体してるんだよな。

法衣を着込んだ瑞生の身体へ目をやりつつ、その下に隠されている引き締まった筋肉を思い出す。意識して鍛えているわけでもなさそうなのに、彼の身体は見た目よりずっと逞しい。

だからなのか、法衣を着ても堂々としていて、とても格好いいと思ってしまうのだ。

それに法衣から覗く、手首やくるぶしの骨ががっしりとしていて、ひどく色気がある。

どこがどう、とうまく説明ができないが、彼の持つ硬派な雰囲気はそれだけで目をひくほどだ。

「藍、聞いてるか？」

上の空の藍に瑞生が訊いた。

「あ、ごめん。ちょっとぼーっとしてた。出かけるんだよね。帰り遅い？」

遠くの檀家に行くなら、夕飯の支度は藍がすることになる。近頃は藍も簡単なものなら作れるようになっていた。

「いや。一軒行ってから、その後夏祭りの打ち合わせだ。すぐに終わると思うが。何かあったら携帯に電話しろ」

「了解」

正覚寺はこのあたりでは古い寺ということもあり、代理とはいえ住職である瑞生は運営側として駆り出されていた。

檀家まわりもある上、夏祭りの準備のために奔走し、瑞生はかなり忙しそうだった。

けれど、瑞生は「これもみんなのためだ」と言って疲れを微塵《みじん》も見せようとしない。

みんなが楽しみにしているという、その楽しみのためなら、と彼は進んで役割を引き受けているようだった。

そして夏祭りを藍も楽しみにしていた。

この間「これ着て来なさいね」とカヨとセツに浴衣《ゆかた》をプレゼントされたのだ。

藍地に白い流水が描かれている浴衣と白の角帯は藍の身体に映えるはずだ。軽く羽織ってみたが、藍もとても気に入っている。

これを着たら、瑞生はどんな顔をするだろうか。そう思うと祭りの日が藍も楽しみで仕方なかった。

瑞生が出かけて、藍はいつものように自分の割り当てられた仕事をする。庫裏の掃除を一通り終えると、庭掃除を始めた。

竹の庭箒《にわぼうき》も慣れたものだ。今は夏だから落ち葉もそれほどない。

しかしその代わり、このあとの草むしりが待っている。

荒れ放題だった庭も、少しずつしてきた草むしりの成果で、随分ときれいになってきた。あとは秋になったら植え込みの剪定《せんてい》をすればいい。

そこまで考えて、自分が果たしてそこまでここにいられるのか、と、一瞬頭を過《よ》ぎった思いに小さく目を伏せる。

「考えない、考えない」

いつまでいられるかわからないけれど、それまではここを去るときのことは考えないようにしよう。

藍はザッ、と竹箒で門の前を掃きながら今ふと思ったことも一緒に頭の中から掃き出した。

門の前の掃除も、そろそろ終わりかけたときだ。

「おい」

藍は小脇に上着を抱えたワイシャツ姿の男に声をかけられた。

「はい」

返事をして男を見、息を飲んだ。瑞生も随分と目つきが悪いと思ったが、この男も同じような目をしている。しかも三白眼のおまけつき。怖いことこの上ない。

年の頃は、瑞生と同じくらいだろうか。こちらの男の方が小柄だが、柔道などの武道でもやっていそうな、がっしりとした身体つきだ。

すっかり忘れ去っていたが、いっとう初め、瑞生をヤクザかもと疑ったことを思い出す。

「瑞生いるか」

男の声は、低音のひどくドスのきいた声だった。

この男はヤクザで、やはり瑞生も本当はヤクザなのかもしれない。昔ここら地域一帯を仕切るヤクザの組にいて、この男は瑞生を元の組に戻るように差し向けられたのかも——と、前にカヨたちと一緒に見た二時間サスペンスドラマのような展開を想像し、藍は動揺した。

「あ、あの、今ちょっと出かけて……」

「出かけた？」

苛立《いらだ》ったような、不機嫌な声だ。

「おまえ、この寺のなんだ？」

男に怪訝な目を向けられる。なに、と訊かれても、瑞生がいない以上この男に自分のことを話すのは憚《はばか》られた。

「おれは……その……ちょっと世話になってるっていうか……」

「世話？」

じろじろと頭のてっぺんから足の先まで舐《な》め回すように男は藍へ視線を注ぐ。明らかに快く思われていないという口調の低い声で聞き返された。

「その……いろいろ事情があって……」

「ふうん……」

どうしよう、瑞生に電話した方がいいだろうか。そう思っていると「藍、どうした」と後ろの方から声がかかる。

「瑞生！」

藍は瑞生の姿を見つけ、ほっと息を吐いた。

「あのさ、お客さんが」

男の方へちらと顔を向け、客が来たことを告げる。

「よお、久しぶり」

男は瑞生へゆっくりと顔を向けて声をかけた。が、瑞生は男を見るなり嫌そうな顔になる。

「なんだ、また来たのか」

とても歓迎しているとは言い難い不機嫌な声だ。やっぱりこの男は瑞生を迎えに来たヤクザなのか――とまた想像を巡らせかけたところで「藍」と呼ばれる。

「なに」

「掃除はあとでいいから、茶を淹《い》れてくれ」

「あ、はい」

背後に瑞生と男を残し、藍は庫裏へ急ぐ。

男と瑞生はどんな関係なのだろう。知り合いというには、瑞生の表情は渋いものだった。

「お茶、冷たいのでいいかな」

藍は独りごちる。

男はワイシャツの袖《そで》をまくっていたし、額と首筋に汗をかいていた。冷たい方がいいかもしれない。

よく冷えた麦茶とおしぼりを持って、藍は応接室に使っている部屋へ向かった。

部屋には男がひとりでソファーに座っている。瑞生はまだ着替えているのだろう。

テーブルへ茶を置き、藍が部屋を後にしようとすると「おい、おまえ」と吐き捨てるような口調で呼びつけられる。

「なにが目当てだ」

次に男が発した言葉はそれだった。

「え?」

男の言っている意味が理解できず、藍はきょとんとする。目をぱちくりとさせていると、男に「金目当てか? 貧乏寺でも売れば金になるのが少しはあるからな」と言われ、自分が金目当てでここにいると思われていることに気づいた。

「おれは別に金なんて」

「じゃあ、なんでおまえみたいなのがここにいる。こんなボロ寺に見てくれのいい若い男がいるなんて、どう考えても不自然だろうが」

「それは……その……」

戸惑った素振りを見せると、そらみたことかと男がふんと鼻を鳴らした。

「また瑞生の悪いクセが出たか。犬でも猫でもすぐに拾ってきやがって。おまけにあれで男にも女にもえらくモテるからなあ。歌舞伎町《かぶきちょう》のねえちゃんやら、二丁目のにいちゃんなんかにはやたらに追いかけられたし……。あ、もしかしておまえはそっちの手合いか?」

「ちが……っ」

くっ、と喉を鳴らして男が笑う。

「ふうん……。まあ瑞生に取り入れば、そうだな。ボロ寺とはいえ、裏には山もあるし、土地はあるからな、ここには。売ればそれなりにはなるよな。なあ?」

ちら、と横目で藍を見る。

「ちょ……！　あんたさっきから、なんでそんなことばっかり言うんだよ。おれが何かしたか」

藍は男へ掴みかかろうとした。がそのとき、瑞生が部屋に入ってくる。そうして藍が男に掴みかかるより早く「行徳《ぎようとく》」と一喝する。これまで聞いたこともないほどの、大きな声に藍も竦み上がった。

「おー、こわ」

男はわざとらしく肩を竦めた。

「行徳」

彼の名前だろうか。男に向かってもう一度瑞生は呼ぶ。

「うちのバイトに喧嘩《けんか》売るつもりなら、さっさと帰ってくれ。おまえのことは信頼してる友人だとは思っているが、いくら友人でも揉《も》め事を起こされては敵《かな》わん」

どうやら三白眼のこの男は瑞生の友人らしい。だが、瑞生は彼の来訪を疎《うと》んでいるように見える。

「おいおい、そんなに怒るなって。冗談だろ、冗談。長年の付き合いだろ、おれたち。

そんくらい察してくれって」

「それが冗談か。随分と悪趣味な冗談だな。生憎、おれは誰彼なしに喧嘩ふっかけるような友人は持った覚えはないが」

さすがに行徳も瑞生がそろそろ本気で怒り始めたということに気がついたのか、にいっとわざとらしく笑った。

「はいはい、悪かった。ごめんな、にいちゃん」

しかし、にこやかな笑顔は見せていたものの、行徳の目はけっして笑っていない。

「藍も、こいつの言うことは気にしなくていい。昔の職場の同期だが、ちょっとでも気に入らない人間にはすぐつっかかるんだ。特にイケメン相手だとすぐに食ってかかる厄介なやつでな」

瑞生は嘆息する。藍はそれを聞きながら、納得したような、そうでないような、モヤモヤとしながら、曖昧に頷いた。

「その言い方はあんまりじゃねえのか」

行徳がぶつくさ文句を言う。

「本当のことだろうが。昔おまえが彼女を他の男に取られてから、ずっとそうだろう。いい加減その癖なんとかしろ」

どうやら図星を指されたらしく、行徳はむすっとした顔をしながら「わかったよ」と投げやりな声を出した。そして言い返すように続ける。

「っていうか、まあ、あながち冗談でもないんだけどな。ここんとこ、美人局《つつもたせ》みたいな詐欺が横行してるっていうんで、ちょっと訊いてみただけだ。このにいちゃんがえらくド田舎にそぐわない色男だったんでな」

詐欺、という言葉に藍は身を固くした。未遂には終わったが、犯罪まがいのことをしようとした自覚はある。きゅっと唇を噛んだ。

「藍はそんなんじゃない。一緒にするな」

「気を悪くさせたらすまない。けどこれでも心配してるんだぜ」

「とてもそうは思えないが」

「おいおい。ひどいな。……それにしても、この貧乏寺にバイトなんか雇う余裕あったなんてな」

「余計なお世話だ」

瑞生は憤然とした態度で行徳に向き合った。

「なあ、戻ってこいって。おれはまたおまえと一緒にやりたいんだよ。課長もいつでも上に口利いてやるって言ってる」

「しつこいな。おれはとっくに辞めた身だ。何度来られても答えは同じだと言ったろうが」

部屋を出て行くタイミングを失った藍はそのまま二人の話を聞いていた。

「坊主なんか定年後でもできるだろ。おまえほどの刑事がこんなところにいるのがおれは我慢ならないんだって」

行徳の口から刑事、という言葉を聞いて、藍は驚いた。

「え……瑞生、刑事さんだったの」

思わず口にする。

すると瑞生は「……昔のことだ」と素っ気ない答えを返す。

「なんだ、言ってなかったのか。にいちゃん、こいつは警視庁にいたんだ。捜査一課って知ってるか?」

おれもだけどな、と行徳が得意げに言う。

「今はただの坊主だ」

瑞生はうんざりした顔をしていた。

「行徳、話がそれだけなら、さっさと帰ってくれないか。同期のおまえが心配してくれる気持ちはありがたいが、おれはここを守るとじいさんに約束した。それにボロ寺でもやることは山ほどあるんでな。これでも忙しい身だ。おまえの戯《ざ》れ言《ごと》に構ってる暇はない。何度も同じことを言わせるな」

「つれないこと言うなよ」

「いつまでもおまえがしつこいからだ」

「はいはい。わかりましたよ、っと。……そうだ。すっかり忘れてた。おまえにこいつを知らせておこうと思って」

そう言って、行徳は一枚の紙を瑞生に渡す。それを見て眉を顰《ひそ》めた。

「窃盗団《せっとう》？」

「ああ。罰当たりな野郎どもが多いらしい。最近、大陸の方では仏像が高値で取引されてるみたいで、窃盗団が寺社仏閣……特に寺の仏像を盗みに入るケースが増えてる。ターゲットは田舎の寺が多い。セキュリティもクソもねえからな。田舎は」

「なるほど」

「つい、二週間ほど前もこっからそう遠くない寺が被害に遭ったばかりだという報告を聞いたんで、おまえの耳に入れておこうと思って。まあ、よそ者が入り込んでもここじゃあ、すぐわかるから、念のためと思ったんだが――」

行徳は言葉尻を曖昧にして、ちらりと藍の方へ視線を遣った。

疑われているのだ、と藍は思った。違うと声を大にして言いたかったが、ぐっと堪《こら》える。ここは変な反論をすればするだけ、心証が悪くなる。瑞生に迷惑をかけるわけにはいかない。

客観的に見れば、藍がこの町にいるのは不自然だ。カヨやセツや、そして近所のみんなが藍の存在を好意的に受け止めてくれているから、ここにいられるだけ。

「おまえが心配してくれるのはありがたいが、だからといって藍にちょっかいをかけるのはやめろ。こいつはおれが怪我させて、治るまでここで預かってるだけだ」

「そりゃまたどういうわけで」

「ちょっとした不可抗力だ。怪我させたのはおれだから、責任取って治るまでここで面倒見てる」

瑞生は行徳が藍に向けた視線に気づいていた。そして庇ってくれている。

嬉しい。

そして胸が苦しくなる。ひゅっ、と息が詰まるのがわかった。

藍は心臓のあたりに手のひらを当てた。

この間からずっとそうだ。こうやって、ここがきゅっと引き絞られるような感覚に襲われる。痺《しび》れるような、耐えがたいひりひりとした痛みを伴って。

瑞生のことを考えると、いつも。

好きなんだ、と藍は目の前にいるちょっと怖い坊主をじっと見つめる。

本当はとっくにわかっていた。

小言はうるさいし、言葉は悪いし、怖いし……でも優しい。

一旦、自覚してしまうと、どうすることもできなかった。彼への思いが胸の中をいっぱいにする。

言えないけれど。こんな気持ちは言えない。

僧侶である彼へこのような邪《よこしま》な気持ちを抱いて、どれだけ自分は罪作りなのだろうと藍は思う。

これまでの藍ならば、好きになったらすぐにアタックして、その日のうちに寝るくらいはしてみせるのに、瑞生相手では全く勝手が違う。

あまり深く考えたことはないが、藍は同性同士の恋愛というものに対してさして抵抗はない。モデルという職業柄、周囲には様々な性的嗜好《しこう》の人間がいた影響なのか、同性愛とか異性愛とかそういう風に括る方がナンセンスだと思うくらいだ。それに藍自身は確かに付き合ったのは女性ばかりだったけれど、同性同士でのちょっとした性的なじゃれ合いなら経験があった。

しかし、問題はそこではない。

相手は僧侶だ。これまで身を置いていた世界とはわけが違う。

――永遠の片思いじゃん。

坊さん相手に恋するなんて、もう色々終わってんじゃないのかと藍は自己嫌悪に陥《おちい》った。僧侶へ思いを寄せたら、一体どんな罪になるのか。これまで瑞生が法話で聞かせてくれた様々な言葉を手繰《たぐ》り寄せるが皆目見当もつかず、頭の中はただ混乱する。

(無理だよなあ……)

どう考えても、仏様がライバルでは藍に勝ち目なんかなさそうだった。

(お願いします。告白なんかしないから、バチだけは勘弁してください)

これ以上、自分の人生にケチがつくようなことはしたくない。自ら不運を招くような真似《まね》はしたくなかったし、それにあやうく道を踏み外すところだった藍を、すんでのところで引き戻してくれた瑞生にこれ以上不愉快な思いをさせたくない……嫌われたくない。

だから瑞生への好きだという気持ちも自分の中に留めておく。

(言わないから、せめて)

ただ、このままもう少しだけここに――この心地よい場所に、あと少しいさせてほしい、と藍は瑞生の背中を見ながら思った。


「藍、どうした。逆さまだ、それ」

高坏《たかつき》を磨いていた藍は上下逆さまにそれを置いていた。

「え？　あ！　ああ、ごめん」

ここのところ、殆ど眠れずにいた。

瑞生のことを好きだと気づいた途端、あれこれ余計なことばかり考えてしまっている。

心を落ち着けるために写経の筆を持っても、乱れるばかりの字は自分の心と同じで、そんなものを瑞生に見せるわけにはいかなかった。

高坏の位置を直した藍は溜息を吐く。

「腹でも痛いのか」

「あ、ああ……そう、かも」

散漫な意識では瑞生の手伝いなどできない。隠したところで、きっと彼には自分が上の空だというのがすぐにばれてしまう。

「そういや、今朝も食欲なかったよな。おまえの好きなオムレツだったのに残したからおかしいと思ったんだ。まあ、無理するな。寝てろ」

「……そうする。ごめん……」

俯き気味にいかにも具合が悪いとばかりにのろのろと歩き出した。

「あー、ほんと、おれバッカじゃねえの」

瑞生を意識して、しすぎて何も手に着かないなんて中学生かよ、と言いたくなる。いや、今どきは中学生だってきっとこんなに純情ぶらない。

昔は派手な女遊びどころか、ときには男も女も関係なく入り乱れたらんちき騒ぎにうつつを抜かしたりもしたのにこれかよ、と呆れて物も言えなかった。

藍は自室に戻って、布団の上で丸くなる。

そういえば行徳が言っていた。

——あいつあれで男にも女にもえらくモテるからなあ。

瑞生がまだ刑事だったときは、女を抱いていたのか。男にも、女にもモテる、というのはどう解釈すればいいのか。

瑞生だって女を抱くこともあるのだろう。

女だけでなく、彼は男も抱けるのだろうか……？

もし、男を抱けるなら——。

そこまで考えて、藍は頭をぶんと振った。

「アホか、おれは」

一瞬、瑞生に抱いてもらいたいという欲望が頭の中を過ぎった。

そんなこと瑞生がしてくれるはずないのに。

「最悪」

ぼそりと呟いた。

「何が最悪だって？」

声と共に障子が開く。瑞生が部屋へ入ってきた。

「なっ、なんだよ。声もかけないで」

今の独り言を聞かれてしまった、と藍は焦った。大したことは言っていないはずだが、それでも驚く。

「すまんすまん。立ち聞きするつもりはなかったんだが」

「何か用？」

「いや、顔色悪かったから見に来ただけだ。で、何が最悪なんだ？」

「べっ、別に。……腹痛いから早く治んないかなってだけ」

動揺したせいで、若干早口気味になる。

「そうか。腹痛いのは辛いな。見せてみろ」

瑞生は横たわっている藍の腹にいきなり手を当ててきた。Tシャツ越しに手のぬくもりが伝わる。

「ちょ……っ！　何すんだよっ！」

いきなり腹に手を当てられて、藍は驚き思わず大声を出す。

「や……何って。おまえ腹痛いっていうから」

「いっ、いいから！　寝てればよくなるからっ！」

藍は慌てて身体の向きを変え瑞生に背を向けた。

あぶないところだった。と藍は冷や汗をかく。

なにせ……つい今し方まで瑞生のことを考えていたせいで、藍の股間《こかん》は勃起《ぼっき》しかけていたのだ。触られたのがいくら腹とはいえ、ちょっとでも手の位置がずれたら、この膨らんだものの存在が彼に知れてしまう。

もうやだ。と、藍は泣きたくなっていた。

黙っていると頭は瑞生のことでいっぱいになるし、考えるとこんなところもいっぱいいっぱいになる。

心臓はドキドキ脈打つし、股間もズキズキ脈打つし、悲しいくらい情けなくて彼の顔なんか見られない。

情けなくて、せつなくて、悔しい。

「おい、藍、どうした」

「なんでもない！　おれ、寝るから」

身体を丸め、枕《まくら》に顔を押しつけて瑞生の顔も見ずに、そう言った。

「そうか。まあ、ゆっくり寝てろ。ひどいようだったら呼べ」

そう言って、瑞生は部屋から出て行った。

スッという障子の閉まる音を鼓膜に留《とど》めながら、藍は大きく息を吐く。

ジーンズの中で張り詰めているものは、まだ鎮《しず》まる気配はなかった。

「頼む……。おとなしくしてくれよ」

溜息を吐きながら、ジーンズの上へ手をかけた。布の上からでさえ籠もった熱が伝わってくる。

なのに、触れてしまえばもう止められなかった。

ボタンを外し、ジッパーを下ろす。

こんなこと、しちゃいけないとは思っている。けど――。

「………ん……、……ぁ……んっ……」

つい今し方腹を触った、彼の手の感触を思い出し、ごつごつとした無骨なあの手でここも触ってほしくてたまらなくなる。

「やだ……もう……やだ……おれ……」

やってはいけないことをしている。

自己嫌悪と、背徳と、わけのわからないもので頭の中をぐちゃぐちゃにさせながら、藍は自分のものをめちゃくちゃに擦《こす》り立てた。

どうして好きになっちゃったんだろう。

抱きしめて欲しい。キスして欲しい。欲望は際限なく大きくなっていく。もっともっと強く、激しいものが欲しいと、更に大きな刺激が欲しくなる。欲しくて欲しくてたまらなくなる。けれど、手には入らない。

欲しいという気持ちで胸がパンパンに膨らんでいる。胸が詰まって息ができないくらい苦しい。

だからなのか。と藍は思った。

仏教では心の妄執から来る欲望がすべての「苦」を生み出す、と考えているらしい。

欲は次の欲を生み出すというループを招き、するとどうしても思う通りにならないことが生じてくる。それが苦であると瑞生は話してくれたことがある。

苦しい。

この苦しさが、仏教で言うところの「苦」と同じものかどうか、そんなことは知らない。

けれど、欲しくてたまらないことが、ひどく苦しくて仕方ない。

先っぽから漏れ出るカウパーに手のひらを濡らしながら、息を荒くして扱《しご》いて、ひどく滑稽《こっけい》な姿だと藍は思う。

ましてや自分の手を、彼の手と妄想しながら、なぜ自らこんなみっともないことをしているのか。わかっているのに。してはいけないとわかっているのに。

「瑞生…………いしょ……」

まるで胸の内側に焼けた鉄の塊があって、身体の中を心の中をじりじりと焦がしているようだった。いくら身体の熱を、精を吐き出すことで放出しようと、その塊は、未だ身体に留まって、どろどろに藍を焼け爛《ただ》れさせる。

吐き出した白い体液の青い匂いに顔を顰め、ティッシュで乱暴に拭い取る。

「……くそっ」

いくら拭い取っても、苦しさと後ろめたさはいつまでも去っていってくれなかった。


夏祭りの当日は、藍も手伝いで奔走していた。

力仕事は不向きだからと、藍はカヨたちと一緒に会場のひとつになっている小学校のグラウンドへ行って、山車の飾り付けをする。年配の女性たちの中で作業するのは賑やかで楽しいものだった。

「藍ちゃん、お疲れ様。喉渇いたでしょ」

カヨがペットボトルの炭酸飲料を藍に手渡す。

「あ、カヨさん。サンキュ」

カシ、とペットボトルの蓋を開けて、ゴクゴクと一息に飲み干す。

さすがに炎天下で長時間作業すると、汗だくだ。

「瑞生さんは、まだあっちで打ち合わせしてるみたいね」

「あー、そうみたいっすね」

「こっちはもう大体終わりだから、藍ちゃんはもう上がっていいわよ。浴衣でも着てらっしゃい」

カヨにそう言われ、藍は唇の両端だけを上げた曖昧な笑顔を見せる。

藍はこの夏祭りが終わったら、ここを離れようと考えていた。

そもそも足が治るまで、のはずだったのだ。

瑞生の言葉に甘え、ここの人たちの好意に甘え、今までずるずると滞在を引き延ばしていただけだ。

足も治ったことだし、ここにいる理由はもう全くなかった。それに彼に邪な思いを抱いてしまっている。不道徳な人間が彼の側にいていいわけがない。

「そうだね。浴衣着なくちゃ」

「そうよ。絶対似合うから。あの柄」

流水柄の浴衣と白い帯。

せっかくもらったものだから、きちんと着てあげなければ。

藍のために用意してくれた浴衣だ。すっきりとした上品な柄を、似合うだろうとわざわざ選んでくれた。また白い帯は着る人を選ぶが、藍だったら着たときにきれいだろうと思ってくれたのに違いない。どれもこれも、カヨやセツの気持ちが込められている。

ここは元本職として、みっともないことはできなかった。

モデルは服を引き立てるための存在だ。着ている服の魅力をどれだけ引き出せるのか、それはモデル次第だ。せっかく選んでもらった浴衣をできるだけきれいに、美しく見せたい。

そしてきれいに見せることが浴衣をもらったことへのお礼だと藍は思った。

藍はカヨに向かって、にっこりと笑顔を見せる。

「じゃあ、おれ、先に上がらせてもらうね。汗だくだから、風呂入って着替えてくる」

「楽しみにしてるわよ」

「了解。待ってて」

そう言って、藍は一足先に寺へ戻る。

風呂で汗を流し、髪を乾かした。

「よし」

パンと両手で頬を叩いて、気合いを入れる。

「待ってろ、瑞生。本気のおれ見てびびるなよ」

鏡の前でじっと自分の顔を見る。

完璧に着こなして、彼の記憶に自分の姿を焼き付けたい。いつまでも藍という存在を忘れずにいるように。

せめてそのくらいしてもいいだろう?


「まあまあ、お人形さんみたい」

着替えてさっきまで手伝いをしていた小学校のグラウンドまで行くと、馴染《なじ》みの近所のおばちゃんたちが口々に藍に声をかけた。

「やっぱりイケメンが着るとと違うわねえ」

ほーっという溜息が漏れ聞こえてくる。それを聞きながら藍はにんまりとした。

瑞生は、とあたりを見回すと作務衣のままであちこちまだかけずり回っている。

藍の方へは目もくれず、それが面白くなくて残念そうに肩を竦めた。

「おう、さすが元モデル」

やっと作業が終わったのか、汗だくの瑞生が背後から声をかけてきた。

「似合うぞ」

たったその一言で、気持ちが浮き立つから不思議だ。

「お世辞だろ、どうせ」

藍の可愛げのない態度にも瑞生は気にした風でもなく「お世辞じゃないって」と笑顔を見せる。

「素直に人の言葉は受け取っておけ、って前にも言ったはずけどな、おれは。思わず見惚れるくらいいい男だぞ。その柄もおまえによく似合ってる」

その言葉に藍の頬は赤くなったが、瑞生に気づかれただろうか。多分日が傾いてきて、夕日と同じ色だったからきっとそれで隠されているだろう。

「あのさ、瑞生、一緒に――」

一緒に出店の屋台へ行かない？　と誘おうとしたとき、カヨが「藍ちゃん、モデルだったの？」と割り込んできた。

どうやら二人の会話を耳聡《ざと》く聞きつけていたらしい。

苦笑しながら「昔ね」と答える。

「やだあ！　それならそれで早く言ってよ。ちょっとこっちに来て。モデルさんならお化粧も得意でしょ。山車に乗る女の子のお化粧がまだ全然できてないのよ。手伝って」

いや、モデルだからといってメイクが得意というわけではない。そう言おうとしたが、カヨには無駄なことだ。苦笑いしながらカヨに腕を引かれてついて行く。

特別得意ではないが、嫌いではない。ヘアメイクにメイクされたり、見聞きしているうち、覚えてしまったコツだってある。まだ下積みのときには専門のヘアメイクなんかいなかったこともあって、自分でメイクしたりもした。

連れて行かれ、数人の女の子のメイクを手伝ってあげると、周りのおばちゃんたちがなんとなくソワソワしている。

「ねえ、ついでだからメイクしよっか?」

藍が訊くと、ぱあっとみんなの顔が明るくなる。

終わった後には、いつにも増してお喋りも笑顔もいっぱいだった。

「ありがとうね、藍ちゃん」

次々に礼を言われ、当初の瑞生と一緒に屋台を回る、なんて予定とは全然違ってしまったけれど、これはこれで藍は満足な気持ちになる。

「お疲れさん」

瑞生の声と共に、藍の目の前にリンゴ飴《あめ》が差し出された。

「リンゴ飴!」

「ご褒美だ。食え」

大きなリンゴに飴がかかったリンゴ飴はぴかぴかしてとてもきれいだ。

一口囓ると、甘くて酸っぱい、なんとも言えない味が口の中に広がった。

「せっかく浴衣着てるんだし、その辺回ってから帰って花火見るぞ」

「花火?」

「ああ。言ってなかったか。今日は打ち上げ花火もあるんだ。花火見るなら、うちが一番眺めがいい。誰にも教えてないがな」

茶目っ気たっぷりの笑顔で瑞生が言う。

行くぞ、と瑞生はすたすたと先を歩き出した。慌てて藍もついて行く。

金魚すくいに、ヨーヨー釣り、綿菓子も買う。瑞生を唆《そそのか》して射的をしたが、元刑事なのにたいした景品も当てられず仏頂面をしていた。それがおかしくて、藍はくすくすと笑う。

存分に楽しんで寺へ戻った頃、ドオン、という花火の一発目が打ち上がった。

「すっげ、きれい」

「ああ。ここは特等席だからな」

小高い場所にある寺は花火鑑賞には絶好のポイントだった。

母屋の二階のベランダから見る花火はこれまで見たどれよりもずっときれいに見え

る。

ウッドパネルが敷き詰められた床に瑞生と並んで直《じか》に座り込む。ベランダの格子越しに空だけでなく、町も一望できた。小さいが温かい光がそこには点在している。これも花火と同じくらいきれいだと藍は思う。

「よかった。元気になったか」

ぽつりと瑞生が言った。

「え？」

「いや、ここんとこちょっと元気がないと思ってたから」

ほら、とビールの缶を開けて藍によこす。

「そう？　普通だけど」

そう言いながら、やはり瑞生は侮れないと藍は思った。

あれほど忙しかったというのに藍の様子がおかしいのを、彼は気づいていたらしい。

——やだな、これだから。

元刑事としても、僧侶としても目端がきいた方がいいとは思うが、聡すぎるのもどうなのか。

そう心の中で悪態を吐きながら、だが満更でもないという複雑な気持ちに藍は苦笑する。

「そうか……。おれの考えすぎか」

「そうそう。考えすぎじゃねえの」

へらりと笑って藍はごまかした。

出て行くと決めたことをまだ瑞生には言えずにいる。

言わずに姿を消すという選択肢は藍にはなかった。黙って消えるというのは、これまでよくしてくれた瑞生に申し訳ない。去るなら去るで、きちんとさよならを告げたい。

けれど、まだそれを言う勇気は藍にはなかった。

もう少しだけ。もう少し。

一尺玉の大きな花火が打ち上げられ、夜空に大輪の花を咲かせる。落ちてくる火花の欠片がキラキラと星のように輝いていた。

こんなにきれいなものを、思いを寄せている人と見られるなんて思いもしなかった。

幸せだなと藍は夜空を仰ぐ。

この幸せはあの花火のように一瞬のものだろうけれど、あと少しだけ続けばいい。

きらめいている火花が夜空にとけてなくなってしまうのが惜しいとばかりに、目をこらして光の行方《ゆくえ》を追う。

瑞生のところへ来てから、たくさんのものをもらった。

気づけばいつの間にか、今まで藍の心の中を圧迫していた不運な自分へのすさんだ気持ちが消えていた。代わりに詰め込まれたのは、数え切れないほどのきらきらとしたもの。そう、この夜空に散っている光の粒のような。

――ここに来てよかった。

広い空いっぱいに描かれる、美しい花々を見ながらそう思っていると、瑞生が口を開いた。

「藍、ありがとう」

いきなり礼を言われて、藍は目を見開く。

「何、一体。あんたが礼を言うなんて、明日雪でも降るんじゃねえの」

藍の言葉に瑞生は、はは、と笑う。

「ひどいな。おれだって、礼くらい言うさ。いや、本当に。おまえのおかげでみんな楽しく祭りの準備ができたって言ってた」

「おれは別に」

大したことはしていない。と藍は言う。

「おばちゃんたちがみんな、口を揃えて、藍にきれいにしてもらったってウキウキしながら言ってたぞ。やっぱり年は取っても、女性は女性だな。きれいにしてもらうと、気持ちが若返るらしい。みんないい笑顔になってた」

「そっか」

瑞生の言葉を聞いて、藍も自然と笑顔になる。

「ああ。おばちゃんたちの女子高生みたいな笑顔、初めて見たよ、おれは」

「そっか」

素っ気ないとも思える同じ言葉で短く返事をしながら、藍はビールを呷る。

いくらかでも彼女たちに恩返しができただろうか。自分にできることはあのくらいしかなかったが、喜んでもらえていたなら、嬉しい。

「あのな、藍」

「ん？」

「ずっと言おうと思ってたんだが」

そう言ったまま、瑞生は口ごもった。

「なに」

何を言われるのだろう。やはりそろそろ出て行けと言われるのかもしれない。

やっぱ潮時かな、と藍は苦く笑う。

「おまえ、このままここにいろよ」

しかし、瑞生の口から飛び出した言葉は全く意外なものだった。

「へ？」

思わずすっとんきょうな声が出る。

「だから、ずっとここにいないかってことだ。このまま、おれとここに」

藍は瑞生の顔を見ながら目を瞬かせた。

「できるか、バカ」

ばーか、と更に重ねて言い、藍はビールの缶をゆらゆらと揺らす。

「いきなり何言うかと思ったらそれかよ。できるわけねえだろ。おれは東京に帰るの」

そう、ここを出て帰るのだ。東京へ。

すると、瑞生は藍が持っていたビールの缶を奪い取り、飲みかけのビールを全部飲みきってしまった。

「あ、ビール！　ちょ、瑞生、おまえビール飲んでいいのかよ。飲酒は坊さん的にダメなんじゃねえの」

「気にするな。般若湯《はんにゃとう》だ」

しれっと言って飲み干した後の缶を、瑞生は部屋から持ってきていたゴミ箱へポイと投げ捨てる。

般若湯なんて、酒を禁じられている僧侶が飲む時に使う昔からの隠語だ。言い訳がまたふるっていて、あくまでも酒として飲むのではなく《智恵のわきいずるお湯》を飲むということらしい。

「ひっでえ。おれのビール……」

藍がじろりと上目遣いで睨《ね》め付けると、瑞生はにやりと笑う。

「なんだよ。何がおかしいんだよ」

「いや、おまえ可愛いなと思って」

「はあ?」

何を言い出すかと思ったら、言うにことかいて可愛いって。藍の顔がカッと熱くなる。

「いろよ、ここに。ずっと」

瑞生に手を握られる。

「なんだよ、この手……!」

放せ、と藍は振り払おうとした。けれど、逆に瑞生に引き寄せられる。

「おまえ、おれのこと好きだろ？」

不遜《ふそん》な笑みを浮かべ、自信満々に瑞生が言う。

「ば、バカか？　んなわけねえし……！」

必死に反論したが、すっぽりと瑞生に抱き込まれ、次の言葉を継げなくなる。

「おまえ色々垂れ流しすぎなんだよ。ずっとおれのこと見てたくせに」

何か言わなくちゃ、と口を開いた瞬間、唇を塞がれた。

何が起こったんだ。どうしてこうなっている。状況判断が、理解が、全く追いついてこない。

「…………ん……っ」

抱きしめられて、微かにビールの味のするキスを与えられる。

舌を吸われ、絡められ……何度も角度を変えて繰り返される。藍は夢中で瑞生の舌に応えた。

官能的な舌の動きに、ぞくぞくとして皮膚が粟立《あわだ》つ。身体の奥から痺れるような甘さと、そしてやりきれないほどの陶酔《とうすい》感。

唇が離れたとき、藍はまだこれが現実に起こったこととは認識できないほどだった。

「藍」

名前を呼ばれて、ようやく我に返る。

「な、なんだよ……！　キスとか……！　ふざけんな……っ」

唾液でべとべとになっている口元を手の甲でぐいと拭った。

「何言ってんだ。誘ってきたのはおまえだろうが」

口元を引き上げて意地の悪い笑みを浮かべる瑞生は藍の胸元へ手を伸ばす。

そこでやっと、胸元が緩んでいたことに気づいた。ただでさえ、浴衣はきっちりと着ないもの。襟元が気持ち緩んでいるくらい——合わせに手が差し入れられる程度の——が粋に見えるからだ。その上着慣れていない。襟元をゆるめにした浴衣を着たまはしゃいであちこち歩いていたせいで着崩れたのだろう、胸元が少し見えている。不必要に開いた襟元は確かにしどけないといえなくもない。

「エロい格好しやがって」

襟元に差し込まれた瑞生の手が、藍の肌に触れた。

「や、やめろやめろ！　このエロ坊主！」

藍はわーわー言いながら、瑞生の腕の中から逃げ出そうと暴れた。

しかし、瑞生の手は的確に、藍の弱いところへと触れてくる。

身体を捩《よじ》り、彼の手が敏感な箇所へ触れないようにと必死に逃れる。

「やだ！　ホントやだって！　そんなとこ触んな！　やめ……っ！」

ひときわ大きな声を出して、やめろと告げたとき、ぴったりと瑞生の手の動きが止まった。呆気なさすぎて、藍の方が拍子抜けしたほどだ。

「わかった。そんなにいやならやめる」

すっ、と身体も引く。

「え、まじ。やめるの」

思わずそんなセリフが口をつく。

ここは、ドラマや映画、そして官能小説なんかでは、強引に押し倒す流れというのが鉄板のはず。

そう、時代劇なんかでもお代官様が、町娘の帯を解いて「あーれー」とくるくる回す、という展開がお約束。

なので、逆の意味で思ってもみなかった展開にそんな言葉が出てしまったのだ。

「やめろっていったのはおまえだ」

「いや、だから、おれは無理やりってのがいやだって言ってるだけで、その……」

そう、いきなり触られて、無理矢理というのに驚いただけだ。

本当は彼にキスされたいとか、抱かれたいとか、四六時中考えていた。でもこんな風にされるのは嫌だ。

それをどうやって説明しようと思案に暮れていると、瑞生が口を挟む。

「いちいち、うるせえ。ごちゃごちゃいうな。要点まとめろ」

その言い方にムッとなる。

「おまえよくそんなんで坊主やってんな。人の話聞くのが坊主じゃねぇのか」

ちゃんと話聞けよ、藍がそう言うと「焦《じ》らすのもいい加減にしろ。いいから、早く言え」と言う。

「早くって……。やりたいだけかよ、クソが」

「ああ、そうだ。やりたくて悪いか。可愛いと思ってる子とセックスしたいと思って悪いか。つか嫌なのか？　そうじゃないのか？」

嫌じゃない。けれど、それとこれとは別問題だ。

そんなひどい言い方をされても心の中で喜ぶ自分が嫌だ。でも……でも抱かれたい。

「つうか、あんた男抱けんのか」

「さあな。でもおまえを抱きたいと思ってるから、抱こうとしてんだろうが。決まり切ったこと言うな。いいから早く答えろ。どっちだ」

「……坊主が淫行に耽《ふけ》っていいのかよ」

「あのな、別に坊さんだからってセックス自体は禁じられてないからな。不倫はアウトだが、そうじゃないだろう?」

藍の頭の中は軽くパニックに陥っていた。疑問符ばかりが頭の中を駆け巡る。

「だから! 順序とか! 気分の盛り上げ方とか! こんなんせっかくの夏祭りに花火っていうシチュエーション台無し! もっとムードとか考えろよ!」

「ムード……ねえ」

「そもそも口説《くど》きもしないでやるなんてふざけてんのか、クソエロ坊主! いきなりとか心の準備もできねえだろ!」

「じゃあ、口説けばいいのか?」

「そりゃ、まあ、こっちだってその気になるかもしれないし?」

「ふうん………」

そんじゃ、と瑞生は独りごちるように言うと「藍」と突然甘い声で呼ぶ。

「こっちに――」

再び引き寄せられて身体が傾ぐ。

こいよ。という言葉は、体勢の崩れた身体を後ろから抱き込まれ、耳元で囁《ささや》かれた。

「藍」

読経のときとは違う、脳髄《のうずい》まで蕩《とろ》かすような色気のある声。

「おれに抱かれるのは嫌か」

こんな甘い声、反則だ。

ゆっくりと髪を梳《す》かれて、うなじに唇を宛がわれる。

藍は首を振った。

そう、ずっと願っていた。こうやって、この男に触れられるのを。

浴衣の上から、胸元をまさぐられる。

乳首のあたりに瑞生の手が置かれ、指先が藍の乳首を探り出した。布の上から、乳首を擦られ、微妙な刺激に藍はもどかしくて、唇を噛む。

「どうした？　感じてるのか？」

もじもじと腰を揺らす藍に、瑞生が意地悪く囁く。

浴衣で良かったと思うのは、勃《た》ち上っているものの存在がはっきりとわからないことだ。これだけで勃起しているだなんて、はしたないにもほどがある。まるで淫乱じゃないか。

襟の合わせ目から、瑞生の手が入り込んできた。やがて、彼の手は乳首へ辿り着く。

指先で、既に尖った小さな粒を摘まれ、弄《いじ》られるとびくんと身体が戦慄《わなな》いた。

「……ん……」

彼の指で捏《こ》ねられて引っ張られている乳首がジンジンと熱を持つ。

「…………ぁ……ん……」

痛いくらいに刺激を与えられた後に、そっと触れられただけで、思わず甘い声を漏らした。

「感度いいな、おまえ」

「……なに……それ……」

僅かな刺激で感じるなんていやらしいと思われてやしないかと、拗ねた口調で反発すると「褒め言葉だ。美人な上に感度いいなんて最高だろ」と平然と恥ずかしいセリフを吐く。

「鳴かせ甲斐がある」

そう言うと瑞生は藍を正面に向かせて抱きかかえ、膝《ひざ》の上に乗せた。

足を左右に広げて座る形になり、浴衣の裾《すそ》が割れる。それでも裾が邪魔だと、ぺろりとまくられ、下着まで露《あらわ》になった。

「随分色っぽい格好だな。エロいパンツ穿《は》きやがって。尻丸出しって、準備万端じゃねえか」

尻が丸見えになっている下着は、今日は浴衣を着るから下着の線が見えないようにと着けた、生地の部分が極めて少ない、ジョックストラップ——Yバックと呼ばれるものだった。

和服の下着は本来ステテコなんかを着用すべきなのだろうが、なんとなく抵抗があったし、ビキニやブリーフ、ボクサーパンツは下着の線がくっきりと浮く。トランクスなんかそもそも着けるのが絶対嫌だ。だから浴衣を着るためだけにこっそりネット通販で注文した。

尻が丸出しで布地の部分が殆どない、エロい、と言われても困る。そもそも見せようなんてこれっぽっちも想定していない。

まさか、瑞生とこんなことをするなんて思わなかったから、大胆すぎる下着に気恥ずかしくなった。

これでは、初めから期待していたみたいじゃないか。

「こっ、これは、下着の線が見えるとみっともないから……っ」

照れ隠しに不機嫌な声で言い訳をすると、チュッと小さく唇にキスをされる。

「大歓迎だっての。いちいち拗ねるな」

そう言いながら、瑞生は丸出しになっている尻を手のひらでゆっくりと撫でる。指先に強弱をつける触り方がまたいやらしい。

「拗ねてなんかない！　そんでいちいち撫でなくていいって！」

「おまえの尻気持ちいいな。柔らかくって、すべすべしてる」

「バ……っ！　バカ！　そんなん言わなくていい！」

「はいはい」

瑞生が藍の腰を掴んで引き寄せる。すると藍の尻に、瑞生の硬くなったものがあたった。

「あんたも勃ってんじゃん。どスケベ」

お返しとばかりに藍は悪態を吐いた。

尻を揺らすと、瑞生は小さく息を吐く。ざまあみろと藍はほくそ笑んだ。

「言ってろ。こいつぶちこんで、あんあん言わせてやるから覚悟しとけ」

瑞生のそのあられもないセリフに藍の背がぞくりとする。

「言わせてみろよ、生臭坊主《なまぐさ》」

売り言葉に買い言葉で、いきおい挑発めいた言葉になる。

「ホント、おまえのそういうとこ、ゾクゾクするね。素直じゃないのがまた。こっちは素直なのに」

生地の少ない下着を藍の勃起したペニスが押し上げていた。そして先端のあたりが濡れて、染みができている。

「エッチだねえ。こんなとこに染み作って」

瑞生がにやりと唇を引き上げる。

「うっわ、やっぱスケベくさ」

「おまえな……人にムード、ムードって言っておいて、どっちがムードねえんだよ。いいから少し黙れ」

黙れ、と瑞生の唇が藍の口を塞いだ。

口内をひとしきり蹂躙《じゅうりん》した彼の舌は、藍の唇から離れ、徐々に首筋から胸元へ下りてくる。

「ずい……しょ、ここ……ベランダ……外だって。……誰か来たら……」

周りの家とは少し距離があるものの、今自分たちがいるのは、ベランダ。申し訳程度に格子はあるが、外から何をしているか丸見えだ。隣家とは反対側の位置にあるとはいえ、声でもあげようものなら通りかかった人に聞かれてしまいかねない。

「大丈夫だ。隣近所はみんな、今日は祭りの会場でしこたま飲んで、帰ってくるのは遅い。誰もいないって」

「でも……っ……ん……っ」

藍の言葉を遮るように、瑞生の指が藍の唇をなぞり、口の中に押し込まれる。指で舌をいたずらされて、それ以上次の言葉が出せなくなった。

すっかりはだけられた胸には、つい今し方まで指で弄られていた乳首がぷっくりと赤く膨らんでいた。吸われ、舐められ、指で触られていたときとまた別の快感が藍の身体を駆け抜ける。

「……………あぁ……」

鼻にかかった声が知らずに藍の口から出ていく。同時に、もっととばかりに胸を瑞生に押しつけた。

瑞生の頭を抱え、もどかしくて身体を揺らす。揺らす度、ふわりと線香と彼の汗の匂いが鼻腔をくすぐった。

(瑞生の匂い……)

瑞生の手が藍の股間へと伸びてきた。

「あっ……!」

下着の上からペニスを撫でさすられて藍はびくん、と体を跳ねさせる。

小さな布地はもう濡れそぼっていて、いっそうこの光景を卑猥《ひわい》に見せている。

ぐちゃぐちゃだな……と瑞生が囁く。それを聞いて、藍はまた更にいたたまれなくなった。浅ましいにもほどがある。自分の身体の節操のなさに泣きたくなってきた。

「やらしい子は好きだぞ」

バカ、と泣きそうになりながら唇を動かすと、瑞生は「ホントに可愛いな、おまえは」と優しく囁いた。

ずるい、ずるい。こんなときにこんな甘い声で可愛いなんて言われたら身体がぐずぐずになってしまう。

瑞生の手がジョックストラップの脇から入り込み、ペニスを擦り、陰嚢《いんのう》を揉みしだく。

ペニスの先は生地を突き上げているのに、陰嚢は生地からはみ出していて、やけに恥ずかしい光景だった。いやらしい。

「……あっ、……ん……あぁっ……」

扱かれながら、指で裏筋を刺激される。藍の身体ががくがくと揺れる。

「やっ、やだ、脱がせて、パンツ、やだ」

濡れた生地が気持ち悪いと訴えるが、却下されてしまう。

「だーめ。こんなエロいパンツ穿いてくるおまえが悪い」

「バカ！　変態！　変態クソ坊主！」

変態、と罵《ののし》ったが、下着の中で瑞生の指が蠢《うごめ》き、限られた動きしかできないこともあって、その指使いに焦れ、自ら動いて彼の指の刺激を求める。

「擦って、ねえ、お願い、擦って」

瑞生は、藍の願い通り、激しくペニスを扱いた。先っぽを指で弄り、そして乳首を噛む。

「や……っ。イっちゃ……っ、イ……っ」

「いけよ。ほら」

「やだ、パンツ……っ、中に出すの……や……っ」

このままでは下着の中に射精してしまう。

必死に藍は射精を我慢しようとした。が、瑞生が一際強く扱き上げると、藍は呆気なく達してしまった。

「…………ぁ……あぁ……」

下着の中がじんわりと温かく、濡れている。

「お漏らししたみたいだな」

意地悪なことを言われて、藍は唇を尖らせた。

「…………瑞生のバカ……死ね……変態……」

「可愛かったぞ」

「もうやだ……バカ……。気持ち悪い……」

「わかったわかった。ほら、脱いでいいから」

腰を抱えられて、膝を立てる。脱がされるがジョックストラップが濡れて引っかかり、なかなか脱げなかった。

ようやく脱ぎ終わると、瑞生がまじまじと見つめてくる。

「なんだよ」

「いや、いい眺めだなと思って」

割れた浴衣の裾の狭間《はざま》から、藍のペニスが見えている。

「もう！　おまえいっぺん死ねよ」

裾を慌てて合わせると「そのままでいろ」と瑞生は言い、寝転がる。そうして立ち膝になった藍の両足の間に頭を潜り込ませてきた。ちょうど、藍が瑞生の顔を跨《また》ぐ形だ。

「な……っ！　あんた、何やってんの……！」

誰も見ていないとはいえ、壁などの隔たりもない場所で卑猥な姿勢を取らされて、藍は狼狽《うろた》える。こんな破廉恥《はれんち》な格好をまさか自分がさせられるとは思わなかった。退けようにも、瑞生にがっちり腿を掴まれていて、身動きが取れない。

「腰下ろせよ。汚れたところきれいにしてやる」

言って、彼は藍の腰を引き落とした。

「――――っ」

藍のペニスが彼の口に含まれる。

「あ………っ、あ、あ、あ……っ」

ぴちゃぴちゃ舐めしゃぶられて、再び、藍のペニスは硬さを取り戻した。

藍の尻の下敷きになっている瑞生は、更に藍の尻を割り開き、舌を這《は》わせてきた。

舌先が触れたとき、ビクッと身体は震えたが、絶妙な刺激に声があがる。

「あ……ぁ……」

瑞生の舌が、藍の中へ入り込む。それが小刻みに抜き差しされる度に、藍は細い声を出し続けた。

やがて、舌だけではなく、後ろに指が挿入される。唾液を送り込まれ、指と舌で丹念に後ろを解《ほぐ》された。後孔に進入する指が増やされても、藍の後ろはそれをたやすく飲みこんでしまっていた。

「気持ちいいか」

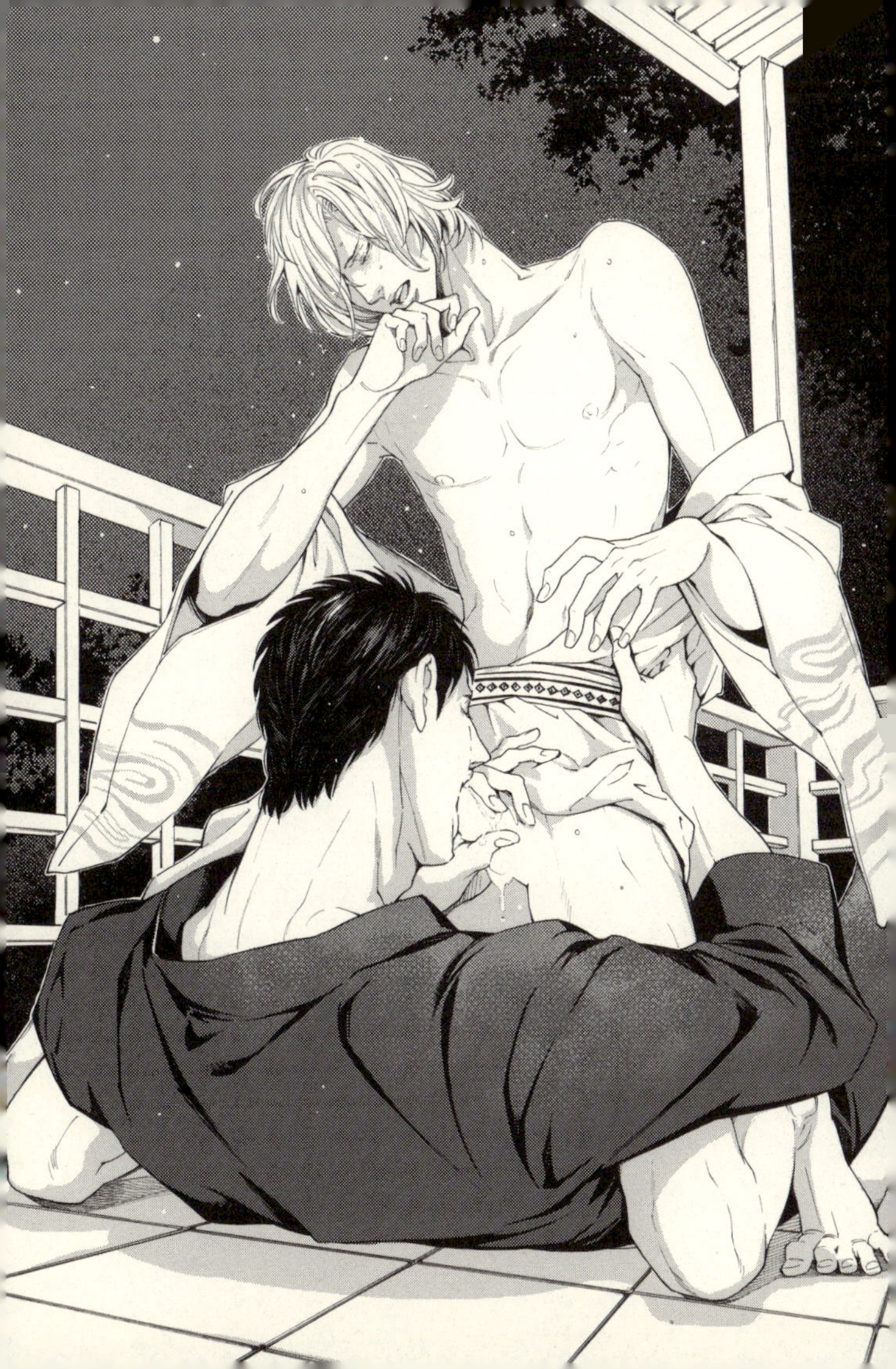

訊かれて、喘《あえ》ぐ声で藍は返事をする。

「……ぁ……いい……っ、ぁ……んっ」

もう後ろはとろとろに融けている。前立腺を弄られ、藍の前からはしとどに蜜が漏れている。

「じゃあ、おれのも気持ちよくしてくれ。上の口と下の口とどっちがいい？」

どうしようもなく下品なセリフだ。本当に坊主かと言いたくなるが、そんな風にひどく言われることに、藍は興奮していた。

後ろを使うのは、経験があった。

興味本位で試してみたことがあったのだ。相手は遊び慣れていて、多分うまかったのだと思う。苦痛はなかった。痛いと聞かされていたから、拍子抜けしたくらいだ。けれど、それほどいいとも思えなかった。

しかし、今、藍はどうしてか後ろを使うセックスを求めている。

瑞生のものを口で愛してやりたいけれど、もう、後ろが疼《うず》いて仕方ない。

ここで……ここを使って繋がりたい。

多分、動物としての本能なのだと思う。番《つが》うという行為を藍も欲している。

「後ろ……入れて……。入れていいから……」

そう言うと「くそっ」という瑞生の小さな呟きが聞こえ、藍の身体は伏せられ尻を上げさせられた。腕の上がらない藍に負担がかからないようにしてくれているのだと思った。

尻を丸出しにして腰を突き上げた格好を取らされる。

浴衣は殆ど羽織っているだけにすぎず、かろうじて帯で藍の身体に留められているだけだ。

「入れるぞ」

そう言われて、顔を後ろに振り向けた。

作務衣の下衣を下ろした瑞生は、逞しい屹立《きつりつ》を扱きながら藍の後ろに押し当てている。いつの間に用意したのか、きっちりとゴムを着けているのは瑞生らしいというか。

頼りなげな顔をしていたのだろうか、瑞生は「少し我慢しろ」と藍の背に口づけた。

弾力のある先端を突き立てられて、藍の後ろは瑞生を飲み込んでいく。

じわじわと浸食される。

「……あぁ……っ……あ……ぁ……」

瑞生と繋がっている。そう思うと、幸せな気持ちになる。好きな人と……心から好きだと思える人と繋がるということが、どんなに嬉しく幸せなことか。

彼がどんな気持ちで藍を抱いているのかはわからない。藍が彼のことを好きだと知って、だから気まぐれを起こしたのかもしれない。

でも——。

でも藍はそれでもよかった。

ずっとついていない人生だと思っていた。

もしかしたら、明日からまたついていない人生に逆戻りするかもしれない。

けれど、今、この瞬間だけは幸せだと心から思える。

身体を揺さぶられて深い快楽に落ちていく。藍の中のある一点を擦られて、藍は突き抜ける快感に背を反らし声を上げた。

「——アァッ……っ……あ、あ……んッ」

中を瑞生で深く抉《えぐ》られる感覚が、よすぎてたまらない。以前経験した感覚とはまるで違っている。身体は震え続け、啜り泣く。

片手で乳首を弄られ、もう片方の手で藍の腰を支えながら腰を打ち付けてくる。

奥を抉り、捏ね回されて、藍は淫らな声を上げた。

「……い、……イイっ……、……ん、……ぁ」

瑞生が激しく動き出すにつれ、藍の後ろも、奥がきつく締まっていく。

「……いしょ……っ、……あ、あぁっ、……い、イキた……っ、あ、もうっ……」

「藍、おれもいっていいか」

「いい……ッ、いっ……て……っ……あァッ…」

更に激しく揺すられ、藍は悲鳴を上げる。がくがくっと壊れたように頽《くずお》れる身体の中で、脈打つような感触を覚えると同時に藍も絶頂を極めた。


身体を繋げた後、何かが変わるかと言えばそうそう何か大きく変わるわけでもなかった。

ただ「ここを出て行く」と藍が瑞生に言う機会を逃しただけだ。

身体を繋げてしまった今、そのことについてきちんと向き合う勇気も出ないでいる。

夏祭りの後、瑞生は後処理やまた棚経のため檀家を忙《せわ》しなく回っており、藍はゆっくり彼と話す機会がなかったこともある。

瑞生はここにいろと言ったが、まだその言葉をきちんと受け止められずにいた。果たして彼は本気で言ったのかどうか。

現に彼はあれから指一本藍に触れてこない。まるでセックスしたことなんかすっかり忘れてしまったかのように、これっぽっちも。

藍としては、瑞生と一緒にいたい。けれど、藍は借金のある身だ。いつ取り立てがやってくるかもしれない状態だし、厄介事に瑞生を巻き込みたくない。だったら出て行った方がいい——そんな思いがぐるぐると頭の中を行き交う。

そして今日も、自分のそんな思いから目を背け、ここにいる。

「一通り、棚経がすんでから、かな」

取りあえず、瑞生の忙しさが一段落してからだ、と藍は頼まれていたお使いをすませ、寺へ足早に向かった。

寺の門をくぐったとき、本堂の前に誰かが佇《たたず》んでいるのが見えた。

長袖のワイシャツの袖を捲《まく》り上げている、体格の良い男——行徳だった。

嫌だな、と藍は直感的に思ったが、仮にも彼は瑞生の友人だ。藍の好き嫌いの問題ではない。

「何かご用ですか。瑞生、今日は帰りが遅くなるけど」

行徳は藍の声を聞いて、振り向いた。

相変わらず不躾《ぶしつけ》にじろじろと見てくる男だ。

「なんだ、にいちゃんか。そうか、あいつ本当に忙しいんだな」

「ええ。お盆なんで。今日は何軒も回るから、ここに戻ってくる暇はないみたい」

「なら、仕方ないな。出直してくるか」

行徳はポケットからハンカチを出し、額の汗を拭うと踵を返す。藍はほっとした。この男は苦手だ。あまり話さずにすんだ、と足を進める。そのときだった。

「ああ、悪い。水飲ませてくれないか。もう喉がカラカラで」

行徳は立ち止まって藍に声をかけてきた。

「あ、はい」

ここいらで飲み食いできるところが殆どないのは行徳もよく知っているのだろう。寺の中まで入らなくてもいいというので、藍は行徳を勝手口に案内し、冷えた麦茶を出した。

行徳は出されたそれを一気に飲み干し、グラスを手渡す。

「ごちそうさん。すまんな」

「……この辺は店もないし」

そうだな、と行徳は笑う。刺々しかったこの前とは違う彼の様子に藍はいくらか安心していた。

だが。

打って変わって、行徳は冷たい口調になる。

「そういや、あんた、借金あるんだって？」

「…………！」

ぎょっとして藍は危うく持っていたグラスを落としそうになった。

「おいおい、驚くことはないだろう。この前、瑞生にちらっとあんたの借りてる街金業者のことを訊かれたんだよ。まあ、あんたもとんでもないところから借りたもんだ。一応あいつにはそこんとこ含めて言っておいたんだが」

藍は何も言うことができなかった。

元刑事の瑞生がその手のことに詳しい、本職の刑事である行徳に相談するのは当然だし、彼なりに藍のことを心配してくれるのもわかっている。きっと藍の借金問題を解決しようと動いてくれているのだ。その気持ちはとても嬉しい。

けれど、彼の好意が嬉しいのと同時に、自分がそれだけ迷惑をかけているという事実に打ちのめされる。

「この前も訊いたが、あんた一体どういうつもりでここにいる？　あいつにあんたの借金肩代わりしてもらおうとか思ってんじゃないのか？」

辛辣な言葉が藍を容赦なくずたずたにする。

「……そんなつもりじゃない」

「だったら早いとこ出て行くんだな。足を怪我してたとかいうのはもう治ったんだろ」

行徳はなぜこうも藍のことを嫌うのか。ただの友人にしては度がすぎてやしないか。

藍はムカムカとしてきた。瑞生ならともかく、この男にまで言われる筋合いはない。

「つうか、おっさん。あんたこの間っから、おれに何の恨みがあんだよ。いちいちつっかかってきて！」

とうとう藍の堪忍袋の緒が切れ、大声を出した。瑞生の友達だから我慢してきたけれど、腹が立つ。

「あんたおれが邪魔みたいだけど、なんで？　そりゃおれはあんたからみたら胡散臭いかもしんないけど、瑞生がいいって言うからいるんじゃん。瑞生が出て行けって言えば出て行くよ。でも、あいつはおれにここにいていいって言ったんだ」

藍は興奮したままの勢いで、言葉を続ける。

「もしかしてあんた瑞生のこと好きなわけ？　だからおれが邪魔で追い出したいって思ってんじゃねえの」

一息に言うと、行徳はぽかんとした顔をして、そしてすぐに吹きだした。

「はあ？　おれが？　あいつを？」

プーッと盛大に吹いた後は、ゲラゲラと腹を抱えて笑い出した。

「にいちゃん、おまえ結構面白いな。残念だが、おれには可愛い嫁がいるんで、あんたのご期待に添えなくて申し訳ない」

嫁がいるんだ、と今度は藍が驚く番だった。藍もぽかんとした顔をしていると、行徳が続ける。

「あいつに抱かれでもしたか」

行徳の言葉に藍は顔を赤らめる。これでは行徳の言うことをそのまま肯定しているようじゃないか。動揺し「違う」と思わず反論した。

「あのな、にいちゃん。酷なこと言うようだが、あいつはそういうヤツなんだよ。昔から犬猫拾うみたく、幸薄《さち》そうなヤツは男でも女でもすぐに拾ってくる。前にあいつに拾われたヤツが言ってた。瑞生は寂しい人間を慰めるためにセックスしてくれる、んだとさ。あいつに抱かれると安心するって」

「…………」

藍は言葉も出せなかった。

「でも、瑞生は絶対本気にならないから、だから離れて行くんだ、って。ずっといていいとは言うが、本当に好きになってくれないから、って言ってたな」

行徳の言葉は鋭い刃となって藍を突き刺した。

確かに、と藍は思う。

今でもどうして藍をここに置いてくれたのかわからずにいたが、行徳の言ったことが本当なら納得がいく。

セックスだって、行徳の言う通りなのだろう。藍の気持ちを知って、安心させるためのオプションのようなものなのかもしれない。

瑞生は絶対本気にはならない、という言葉が藍の胸の奥に焼きごてで焼かれるように痛みを伴って焼き付けられた。

「そんなのを拾ってくるばっかりだから、あいつも結構痛い目見てたはずなのに、また懲《こ》りもしないで」

「痛い目……って」

藍はか細い声を出して訊く。

「ああ。刃傷沙汰《にんじょうざた》に巻き込まれたり、金を持ち逃げされたりな。一度は、勝手に印鑑持ち出されたこともあったしな。大事になる前に取り返せたが、刑事のくせにそういうのがズボラなんだよ、あいつは。おれはそういうのをたくさん見てきたんだ」

だからあんたのことも、と行徳は藍を横目で見る。

視線の意味を藍は理解した。行徳が藍を瑞生から遠ざけたいというのには、それなりに理由があったのだ。

行徳も、同期の友達としてそういうところを心配していたのだと知る。

「わかったか？　にいちゃん。おれがあんたを信用できないってのはそういうことだ。可愛い殊勝なツラしてても、心の中で何考えてるかわかんねえ人間、おれは数多く見てる」

「……はい」

行徳の言う通りだ。

藍が信用できないという、行徳の気持ちは痛いほどよくわかった。

――やはり。

本来なら足が治ったときに出ていくべきだった。

瑞生と身体の関係を持ったけれど、瑞生からは何も言われていない。藍は瑞生のことが好きだが、彼は自分のことをどう思っているのか。

そういえば何も聞いていない。

抱かれたときも、藍の気持ちに気づかれていたと知っただけで、瑞生自身の気持ちを藍は何も聞かされなかった。

行徳の言う通りなら、彼は自分のことを本気で好きになんかならない。

あの日のセックスだって——。

夏祭り、花火、浴衣。

定番のナンパアイテムじゃないか。ムードに流されてと瑞生が言い訳したって、しっくりとくる。おそらく昔の自分がそんなシチュエーションに置かれたら、雰囲気にのまれセックスしたいために女の子を口説いていた。

藍は自嘲した。

藍の瑞生に惹《ひ》かれていた気持ちはとうに見透かされていたから、同情で抱いてくれたとしてもおかしくない。

「この寺もな、あいつの親父が戻ってくれれば、あいつが今ここを手伝うことはねえんだよ」

行徳がチッ、と舌打ちをした。

「おれは、あいつに戻ってもらいたいんだ。あいつは本当にデキる刑事でな。特に取り調べのうまさと言ったら。……まあ、そこんとこは坊主ってこともあるんだろうが、とにかく、人から話を聞き出すのがえらく巧みで、そのおかげで解決した重要事件もかなり多かったんだよ」

行徳は、瑞生がいかに優秀な刑事であるかを藍に話した。瑞生の能力の高さは庁内でも有名だったから、彼さえその気になれば、いつでも復職できるということも。

「あいつは、じいさんが亡くなって代理でここの住職やってるけど、本来親父さんが継ぐはずだったんだ。なんでもジャーナリストらしくて、世界中駆け回っているから、ここには滅多にいないらしいが」

それで、と藍は思った。どうりで瑞生がいつ戻るかわからないと言っていたわけだ。

「いつ戻るか知れない親父を待っていても仕方がない。檀家がある以上、この寺を放っておくわけにいかないっつって、あいつは警察を辞めたんだが……。あいつの人生を、たかが同期のおれがどうこう言う筋合いはないが。だがな……」

行徳は心底悔しそうな顔をしていた。

よほど、瑞生が刑事を辞めたことがショックだったのだろう。

「だから、あいつの親父が戻ってきたらすぐにでも戻れるようにおれはしてやりたいんだ。なのに、今度はおまえみたいな胡散臭い野郎が居着きやがって。……実際、厄介事抱えてやがる」

じろりと、厳しい目線が藍を切るように撫でた。藍は反論することすらできず、その視線に晒《さら》される。

「正直、何やらかすかわかんないようなヤツにうろちょろされたくないんだよ。どうせ瑞生のことも、今はどうか知らんが初めはいいカモだと思ってたんだろ」

「ちが……っ」

「何が違う。調べたら、初めは詐欺まがいのことに手を貸そうとしてたみたいじゃないか。瑞生は隠そうとしてたが、ここらのばあちゃんたちの話を聞いてピンときた。ばあちゃんたちは瑞生がうまくごまかしたみたいだが、おれは違う。それに何よりあいつにそんな嘘を周りに吐かせたおまえが許せない」

詐欺師のくせに、と最後に付け加えられるように言われた言葉が藍にとどめを刺した。

「出て……いけばいいんだろう」

喉の奥から声を絞り出す。悔しさと腹立たしさで声は震える。

「え？　なんつった」

行徳に聞き返される。

「出ていくって言ってんだよ！　そうしてほしいんだろ、あんたは」

声を荒らげる藍に行徳はふうんとせせら笑った。

「そうか。――じゃあそうしてくれ」

行徳は満足げな顔をしてそう言い、念を押すように藍を強く見据えた。


暑いとぼやきながらハンカチでまた額を拭い、行徳は寺を後にする。

期待しすぎてはいけない。そう自分に言い聞かせた。そしてこれ以上ここにいたら、せっかくよくしてくれた人たちにも迷惑がかかりかねない。

瑞生は藍のことを本気で好きにはなってくれないのだろうけれど、それでもここに置いてくれるくらいには、たとえ同情でもセックスしてもいいと思ったくらいには好きでいてくれたのだろう。

今まで誰かに裏切られたりとか、欺されたりとか、そんな目にしか遭っていなかった藍へ十分すぎるほど信頼を向けてくれた相手にこれ以上甘えるわけにもいかない。

「何かあったのか」

帰ってきた瑞生が様子のおかしい藍に声をかけた。

「別に。ああ、行徳さんが来た」

「あいつに何か言われたのか」

眉を顰める瑞生にわざと悪態を吐くように軽口を叩く。

「いーや。あんたの昔話聞いただけ」

藍がくるりと背を向けて瑞生から遠ざかろうとすると腕を掴まれた。

「触んな」

「藍？」

「触んな、って言ってんの。ああ、そうそう、おれここそろそろ出てくから。足治るまで置いといてくれてサンキュな」

「藍！」

掴まれた腕を引かれ、身体を瑞生へと向けさせられる。

「わり、おれもうこんな田舎住んでらんねえわ。あんたには世話になったけど」

「何言われた？　何か言われたんだろ。言えよ」

「しつこいって。何にも言われてない。……ああ、そうそう、おれ金持ってないから、これまでの礼はおれの身体でいい？　あんたもおれの身体気に入ってただろ」

はすっぱともいえる口を利くと、平手が飛んでパンと藍の頬を叩いた。

これで完全に見切りをつけられたはずだ。やっぱり藍という人間はろくなやつじゃなかったと呆れただろう。露悪的な物言いをわざとしたのも、藍を見限ってもらいたかったからだ。

「いて……本気で叩きやがって」

ふん、と鼻を鳴らす。瑞生の顔つきはひどく固かった。

「随分安く見られたもんだな」

そう言いながら瑞生が背を向ける。そのまま藍から離れていく。

ジンジンと頬が熱く、そして痛かった。

藍はぼんやりと離れて行く瑞生のその背中を見送る。

こんな別れ方は嫌だと思う。けれど、こうでもしないと踏ん切りもつかない。

藍は大きく息を吐いて、顔を上向ける。

そうしないと、目から涙がこぼれ落ちそうだった。

次の朝、藍はおつとめをサボった。ここにきてから初めてのことだ。だが、瑞生は藍を呼びにもこなかった。

今度こそ本当に愛想を尽かされたのだろう。

そしてそのまま瑞生はでかけてしまい、藍はひとり残された。

今日は瑞生は遠くの檀家へ棚経を上げにいく日だ。だから夕方にならないと戻ってこない。

藍は瑞生が出かけたあとセツの家を訪れた。

「あら、どうしたの藍ちゃん」

「ん、セツさん言ってたじゃん。草むしり、腰が痛くてできないって」

先日、いつもの婦人会の集まりに藍が顔を出したときにそんなことを言っていた。手伝いに行くよと言っていたが寺の雑用が多くてなかなか来られなかったのだ。

「あらあら。そんなこと覚えてたの」

「うん。今日時間あるからと思って。庭、いい？」

藍が瑞生と出会ったのはこの家だった。そしてあやうく迷惑をかけそうになったのも。

最後に草むしりをしようと思い立ったのは、藍なりのさよならの挨拶のつもりだった。未練がましいことこの上ないが、最後にセツの顔だけは見ていかないとこの町から出て行けそうになかった。

「もちろんですよ。じゃあ、お願いします。本当にボーボーで困ってたのよ。助かったわ。——あ、そうそう、ちょっと三〇分ほど出かけてくるけど、庭は勝手にしてて」

「了解。あ、でもちゃんと戸締まりしていって。おれ、草むしり終わったらすぐ帰るから」

「そう？　藍ちゃんなら構わないけど」

すっかり信用されているらしいことに藍は胸がきゅっと痛む。一番初め欺そうとしててごめん、と胸の裡《うち》でセツに謝った。

「いや、なんか近頃物騒だっていうし。おれが気づかない間に空き巣に入られたら、申し訳ないから」

万が一ということもある。空き巣になんか入られたら、謝罪なんかでは足りない。立つ鳥は跡を濁さないようにしなければ。

「そうなのね。藍ちゃんがそう言うならそうしましょ」

なんとかセツを説得して、藍は庭へ回った。

一時間ほど作業し、ひとしきり雑草を抜き終える。抜いた草をひとまとめにして庭の隅に置く。顔を上げて家の様子を窺うが、静まり返ったままかたりとも音がしない。

セツは三〇分と言っていたが、まだ帰ってきていないようだった。

「ま、いっか」

下手に顔を合わせると、また未練が残る。本当にありがとう、と藍はセツの家へ向かってぺこりとお辞儀をし、立ち去った。

これから寺へ戻り、荷物を持って電車に乗る。

電車賃は持っていた。夏祭りを手伝ったときに町会長から謝礼をもらっており、それを充てれば東京へ戻ることができる。

この町も最後だ、と寺へ戻る途中の坂道を駆け上がり、振り返って町全体を眺めた。

「さてと」

いつまでも見ているわけにはいかない。電車の時刻も差し迫ってきている。

足早に寺への道を急ぐ。

だが――。

「え……っ？」

本堂の扉は留守の際には施錠をしているのだが、なぜか開いている。施錠は藍もでかけるときに確かめていたから、きちんとされていたはずだ。なのに、前扉は開け放たれていた。

した。

「……マジ……で」

藍の顔から血の気がひいていった。

慌てて、本堂へ入ると、ひどく荒らされている。ふと、先日の行徳の言葉を思い出

――窃盗団が寺社仏閣……特に寺の仏像を盗みに入るケースが増えてる。

正覚寺は確かに貧乏寺だ。経営はトントンか、少し赤字。けれど――。

「仏様……！」

それなりに価値があると、瑞生は言っていた。

正面を見ると、そこにあったはずのご本尊がない。

「嘘……」

へなへなと藍はその場にへたり込む。

盗まれた……。盗まれてしまった。

「しっかりしろ。……えっと……警察……その前に……」

藍は庫裏へ向かい、瑞生へ電話をする。受話器を握る手が震え、電話機の横に置いたメモ用紙に記されている瑞生の携帯番号の数字もきちんと把握できない。けれど――。

「――瑞生」

通じたあと、何を話したのか藍は覚えていなかった。

『いいか、落ち着け。大丈夫だから。大丈夫だ、藍』

きっと泣きながら喋っていたんだろうと思う。瑞生がしきりに大丈夫と優しく言ってくれたのは覚えている。

すぐに戻ると瑞生は言っていた。

「どうしよう……おれが……おれが留守したせいで……」

のろのろと本堂へ戻るが、やはり何度見てもご本尊はない。

藍は本堂の真ん中でぐすぐすと泣きじゃくりながらしゃがみ込んだ。

おとなしく留守番しておけばよかった。出かけなければよかった。そうしたら、空き巣が来たときにすぐにわかったのに。

大事なご本尊を盗まれることなんかなかったのに。

「……何が迷惑になんないように、だよ……」

しばらくして、サイレンの音と共にパトカーが寺の前に到着した。

「事情をお聞かせ願えますか」

藍は制服姿の警官にそう聞かれ、頷いた。

「だーかーらー、やってませんって」

もう何回目か、何十回目か。嫌になるほど同じセリフを繰り返す。

藍は今、警察の取調室の中にいた。

「確かに、おまえの言う家のセツさんはおまえが草むしりしてたって証言してくれたけどな」

どうしてこう警察にいる人間っていうのは目つきが悪いんだ、と藍はそろそろ疲れてうんざりしていた。

取調室なんてドラマでもあるまいし、と思いながらこれが現実であることに落胆する。

「セツさんは、ずっと出かけていて、おまえがいつ帰ったのかはわからんと言っていた。ということは、おまえが寺へ戻った時間の証明を彼女はできないわけだ。手引きだけなら、十分や二十分もあればできるだろうが。ということは、おまえが窃盗団を手引きした可能性だって考えられる。そうだろう？」

年の頃で言うと、五十代くらいだろうか。やや心許ない頭頂部の髪の毛が動く度にふわふわと軽やかに動いていた。刑事は必死に藍へ自供を促そうとしているが、やっていないものはやっていない。

神様――いや、仏様に誓って。

どうしてこう不運な役回りが自分に回ってくるのか。

ずっと瑞生と一緒にしていた朝夕のおつとめも掃除もサボらなかったのに。いや、今日はサボってしまったがそれが悪かったのか。それより――。

（あー、やっぱ、瑞生とヤっちゃったから、バチが当たったのかなあ……）

坊さんとセックス、しかもめちゃくちゃ濃厚なやつ……をしてしまった罰なのかもしれない。

だったら、手を出した瑞生にだってバチが当たってもいいはずだ。

そんな理不尽なことを考える。

（いや……）

大体、なぜ藍がここにいるのかというと、行徳のせいだ。

（あいつ……マジでむかつく）

藍のことを毛嫌いしているのはわかる。追い出したいのもわかる。だからといって、刑事のくせに、無実の罪を藍にきせるというのはどうかと思う。

昨日話をしたときに、まるきり信用されていないのはわかりきっていたが、まさかここまでとは。

あのとき、瑞生に電話したあと、警察が寺にやってきた。そして藍は警官に事情を話した。

現場検証を、と言われたところで現れたのが行徳だった。

（あー、思い出したらだんだん腹が立ってきた）

ご丁寧にも行徳は藍がいなくなったかどうか確かめにきたらしい。

マムシみたいにしつこいヤツだ。マムシの本物なんか見たことないけど。まあ、そのくらいしつこくないと刑事には向かないということか。

その行徳は藍に一瞥《いちべつ》をくれると「やっぱりおまえか」と警官の真ん前で明け透けに言ったのだ。

そんなことを耳にしたら、藍に話を聞いていた警官も行徳に事情を聞くことになるのはごく自然な流れだろう。なんと言っても、行徳は警視庁の刑事だし、管轄が違うとはいえ、同じ警察官だ。藍と行徳とどっちの言うことを聞くかと言えば、行徳に軍配が上がる。

（バッカじゃねえの。おれが窃盗団の仲間っていうなら、とっとと荷物持って逃げてんだろ。少し考えろよ、あの三白眼め）

だが、そうは言ったところで、やっていない証明は藍にもできない。ましてや、藍には借金問題が一番のネックである。つけいられる隙がある以上、はなから信用なんかされない。

先入観というのはそういうものだ。

「おまえもさっさと吐けば、楽になるぞ」

これまたドラマのようなセリフをぼんやりと聞きながら「やっていないものは、やってません」と機械的に答える。

閉じられてもいないブラインド越しに見る空はそろそろ暗くなっていた。

藍はまだ逮捕はされていない。任意同行だから、帰りたいと言えば帰してもらえるはずだ。けれども寺に戻る気にもなれなかった。

（もう瑞生のとこなんか戻れねーし）

いっそこのまま逮捕されて、留置場に突っ込まれて、検察官に取り調べ受けて……

そして本当の犯罪者になってしまおうか、と投げやりにそんなことを考えてしまう。

けれど、塀の中に入ったところで、街金は藍の借金を見逃してくれるはずもなく、また利息が利息を呼んで、膨れあがるだけ。

(あーあ、もう、何にも考えたくない)

目の前のおっさん刑事のふわふわ揺れる髪の毛を見ながら、藍はふうと大きく深い溜息を吐く。

そのときだった。

「ああ、雪村、さんだっけ。もう帰っていいですよ」

取調室のドアが開いて、カマキリみたいなひょろ長い男が藍に向かって、あっさりそう言った。

「え？　……帰って、って？」

百八十度変わった突然の展開に、藍はぽかんとした。

「窃盗団が捕まったんだよ」

「捕まった……？」

「そいつらの車が運良くNシステムに引っかかっててね。いや、きみには悪いことしたな」

「はあ……」

拍子抜けするほど呆気ない結末に藍は一頻《ひとしき》り目を瞬かせた。

カマキリ刑事が言うには、Nシステムと呼ばれる自動車ナンバー自動読取装置に手配されていた盗難車が引っかかり、そこでその車が窃盗団のものだと判明したという。そこから芋づる式にあれこれが解決しつつあるということだった。

多分、よかったのだろう。と藍は思うがどこか釈然としない。それにしても、無事に釈放されたものの、藍はこれからどうしようかと俯きながら警察署を出ようとした。

「藍！」

自分を呼ぶ声に顔を上げる。

そこにいたのは瑞生だった。黒い法衣を着た、彼が立っている。

「藍、ごめんな。迎えに来るの遅くなった」

瑞生は付き添っていたカマキリ刑事から藍を引き受けると「帰るぞ」と藍を外へ連れ出す。

空はすっかり真っ暗になっており、瑞生は警察署の入り口に立っている当番の警官に会釈すると藍の腕を引っ張った。

「大丈夫か？」

訊かれて頷く。

迎えに来てくれていた。自分のために、彼が。

「……なんで来てんだよ」

嬉しいくせに声が尖り、気持ちとはうらはらの言葉が飛び出す。ありがとうと一言口にするだけなのに、どんな態度をとっていいのかわからない。

「なんでって、可愛いうちの子迎えにくるのは当然だろ」

「うちの子って……なんだよ……それ」

藍はその場に立ち尽くした。どうしたらいいだろう。このまま瑞生と一緒に寺へ戻っていいのか。それとも――。

すると瑞生は苦笑しながら、藍の側へやってくる。

「帰ろう、藍」

優しい声と一緒に、肩を抱かれた。このままもたれかかって、彼に全てを委ねたくなる。

「……やだ……」

藍の言葉に瑞生は目を見開いた。

「どうした？　藍」

訝《いぶか》しげに瑞生に訊かれ藍は口をへの字に曲げた。

「やだ……あんたのとこ、戻るの……。おれ……おれ……」

声がうまく出ない。喉の奥に何かつかえて出てこないでいる。代わりに、目の奥からじわりと熱いものが滲んでくる。

「どうした。おれが嫌いになったか。——あ！　もしかしてこの前かなりひどい目遭わせたからか？　あー、あれはおれもかなり反省してんだけどな。ちょっとやりすぎたっつか、あんまりおまえがエロくて可愛かったからがっつきすぎたっつか」

違う違う、そんなんじゃない。そんなんじゃなくて。

そう思いながら藍は首を振った。

「違うのか？　じゃあなんでだ」

「だ……って、あんた、おれのこと犬とか猫とかとおんなじだって……ぎょ……とくさんが」

ちゃんと言いたいのに、次から次に涙が出て、しゃくり上げてしまって、うまく喋ることができない。力なく頼りない声にもならない音だけが口から漏れ出すだけだ。

「犬？　猫？　行徳がどうした」

「……って……あんた、誰彼構わず色んな人拾ってきて、そんでセックスして、でも、本気にならないって、おれのことも……絶対本気で好きになんかなんないって……っ。おれ……あんたのこと好きなのに……っ、好きになってくれないならいても苦しいだけだし、って……っ」

言ってることが、めちゃくちゃだと藍自身でもわかっていた。それでも瑞生は理解してくれたらしい。

「あいつそんなことを……」

ギリ、と歯噛みするように瑞生が口元を歪《ゆが》めたのが藍にもわかった。

「それに今……だって、うちの子、って言い方して……っ、なんか……やっぱり、おれはあんたに気まぐれで拾われただけなのかなって……っ、抱いてくれたのも、おれがあんたのこと好きだから同情して抱いてくれたのかな……っ、て……っ」

最後はただの言いがかりだった。

けれど、恋人でもないのだなと思うと、悲しくなったのだ。

俯き、ぐすぐすと鼻を啜りながらしゃくり上げた。

「藍――」

怖くて顔を上げられない。

「顔を上げてくれ、藍」

瑞生の手がそっと藍の髪の毛を掻き上げた。

「好きだよ、藍。本気で」

瑞生の手が藍の頬に添えられる。ごつごつとした、彼の手。でも、温かい。

「…………」

「おまえのことを気まぐれで拾ったっておれが言ったか？」

藍は首を振った。

「確かに昔、何人か、あぶなっかしいヤツを保護したことはあったけどな。でも悪いが寝てないぞ？　あやうく乗っかられそうになったことはあったけど……そうそう、その気になれないって言ったら、腹いせに印鑑と通帳盗まれそうになったっけな。本当は警察手帳盗む予定だったらしいが、さすがにそれ盗まれていたらシャレにならなかった」

瑞生は大口をあけて笑い飛ばす。

「だって……あのおっさんが……」

「あいつにそういうのを全部説明すんのも面倒くせえから、適当に言ってたんだが……。勝手にそんな風に言われてんのか。たまったもんじゃねえな」

「じゃあ……」

「おいおい。おれは坊主だぞ。坊主があれこれ言い訳つけておまえ抱いたんだ。本気じゃないわけないだろうが。おまえ、おれとあいつの言うことどっち信じるんだよ。

まったく……こんなに顔ぐしゃぐしゃにして」

袂で涙を拭われる。

「なあ、おれはおまえに本気で惚れてんだ。スレてるのに、意外と純情なとこも、小生意気な口を利くくせに素直なとこも……それから、美人で可愛くてエロエロなとこも全部」

「だったら！　どうしてあれから何もしなかったんだよ……っ！」

忙しいのもあったけれど、あれきりスキンシップの欠片もなかった。

「あー………いや、うっかり触っちまったら、またこう歯止めきかなくなるっていうか。さすがになんていうか、僧侶として愛欲に耽るのもどうよって——悪かった。おまえがそんなに不安に思ってるなんて思わなかった」

あー、と呻《うめ》くような声を出し、瑞生は顔を上向ける。叩き付けるようにパシリと音を立てて片手で目を覆った。

「それに、あんたおれといたら生まれ変わったとき人間界じゃないとこに行っちゃうかもしんないじゃん」

前に瑞生が話をしてくれた六道の話を藍は引き合いに出した。畜生道や餓鬼道のおどろおどろしい絵を見せられたことを思い出す。自分のこれまでを考えると、そういう世界に生まれ変わっても仕方ないと思うけれど、瑞生が自分に関わってしまったら、やはり同じようなところに堕《お》ちてしまうのだろうか。生まれ変わった彼を、そんな目に遭わせたくない。

「おまえ……やっぱ可愛いわ。あー、もう、どうしてくれる」

くしゃりと瑞生の顔が歪む。

「だって、あんたがそう言ったんだろ」

「そうだな。でも、おれはそんなの可愛いこと言っちゃうおまえとだったら、どこに堕ちたっていいさ。どこに行っても本望だ」

たとえ地獄でも。

そう言って瑞生は藍の肩を抱き寄せた。

藍の口元が綻《ほころ》ぶ。

風がないせいか、乾いた草の匂いと、湿った潮の匂いがぼんやりと漂っている。

これがここの匂いだ。

もうすっかり嗅ぎ慣れた、この土地の匂い。自分もこの匂いの中にいてもいいというのだろうか。

虫の音がころころと聞こえてくるのを耳にしながら改めて、藍は瑞生に訊く。

「おれ……あんたのとこに戻ってもいいの……？」

藍のその言葉を聞いた瑞生は一瞬目をぱちくりとさせたが、すぐに破顔する。

「当たり前だ。おまえはおれのとこにずっといるんだろうが」

ポン、と頭を軽く叩かれ「行くぞ」と待たせておいたらしいタクシーへ乗り込む。

車で揺られているうち、眠気が襲ってきた。

少し舟をこぎ出した藍の身体を瑞生が自分の方へ引き寄せる。仄《ほの》かに線香の匂いが鼻腔に届く。瑞生の匂いだ、そう思うとほっとする。やわらかいぬくもりと彼の匂い。瑞生の胸元に埋《うず》めた耳が微かに瑞生の鼓動を捉えた。その音は子守歌のようで、急激に意識がぼんやりしてくる。

「疲れたんだな。寝てていいぞ」

いいぞ、までを聞いたところで、藍の目は閉じられた。


「うわ、どうしたの、これ」

寺へ戻ると、厨房には山ほどの料理が置かれている。

寿司に唐揚げ、海老フライに茶碗蒸し……。全部藍の好物ばかりだ。

「藍のこと聞きつけて、心配した人たちが『差し入れてやって』って持ってきたんだよ」

これはセツさんから、こっちはカヨさんから、と瑞生は説明したが、藍の耳には入っていない。あまりの嬉しさにあっちもこっちもと料理に見入る藍に瑞生はぼそりと言う。

「妬《や》けるな」

「え?」

「おれだって、おまえの心配してたんだが」

珍しく少し拗ねたような口調に藍の口角が上がる。

「まあ、これだけ……みんなにおまえは心配されるくらい、おまえは好かれているし、信頼されてるってことだ。それは全部、おまえがここでイチから積み上げた成果だ。そうだろう?」

信頼、という単語に藍は戸惑う。それがきっと表情に表れたのだろう。藍の顔を見てふっと瑞生は笑みをこぼした。

「セツさんが言ってたぞ。藍が話し相手になってくれるから、いつも楽しいって。前に藍が肩貸して診療所まで運んでいった漁協のトシさんも、藍に感謝してた。おまえが思っているより、ずっとここの人間はおまえのことを好きだし信用しているよ」

「そ、うなのかな……」

「ああ。自信持っていい。それから、おまえの借金だが、もう心配するな」

「心配するな、って？」

「実は、セツさんの息子ってのが、東京で債務専門の弁護士やっててな。少し前からおまえの債務処理を頼んで、全部引き受けてもらっている。だから安心しろ」

優しく微笑む。

「セツさんの息子さんも、母親が世話になっているなら、って破格の手数料で引き受けてくれたよ。これからその件で面倒な手続きなんかあるだろうけど」

「じゃあ、もう、おれ……」

「そうだな。若干、返済はあるだろうが、そうアホみたいな金額にならんとは思う。おまえが真面目に働いて返せばすぐに返せる額だ——藍？」

借金でもう頭を悩ませなくていいと思うと、安心して身体中から力が抜ける。へなへなとその場に座り込んだ。

「大丈夫か？」

クックッと笑いながら、瑞生が藍に手を貸す。

「ほっとしたら力抜けて……」

「よかったな」

「うん、すごく。セツさんにお礼言わなくちゃ」

「ああ、そうだな」

初めは自分の後ろめたさを払拭したくてしていたことだったが、手伝いをしているうち、セツの笑顔を見るのが楽しみになっていた。まるで自分の祖母のようなセツがいつの間にか大好きになっていた。好きなおばあちゃんのために働くのは当然のことだった。

それがこんな形で自分に返ってくるとは思わなかった。仏教的な考え方で言えば、因果という、と瑞生は後から付け加えていたが藍にはよくわからない。

ただ、誰かのために働くのは楽しくて、そして自分も幸せになれるということを知っただけだ。

「話は大体こんなもんだが、あとひとつ。行徳がおまえにひどいこと言ったってことはあいつの口から聞き出した。あいつに代わって謝る。すまん」

「あんたが謝ることじゃ」

「警察学校の寮で同室だったせいか、どうもプライバシーの境界ってのがなくてな。おれのことも自分のことみたいに思ってるところがあるんだ。それにあいつは昔っから、自分の考えを押しつけるところがあって困る。あと頭が固すぎるんだ。悪かった。あと多分……」

「多分?」

「昔、あいつの恋人を横取りしてった男が、おまえにどっか似てるような気がする。……あれはあいつのトラウマだったから、きっと思い出したんだろうな」

苦笑しながら瑞生が言うのを聞きながら、そんなことで、と藍は呆れた。要は昔の恨みを藍に八つ当たりすることで晴らしたかったのか。腹は立つものの、なんだかどうでもよくなってしまった。

「もういいよ。あの三白眼のおっさんの言うことももっともだったし。……それにこうしてここに帰ってこられたから、それでいい」

「そうか。じゃあ、メシ食おう。それから明日にでも、みんなのとこに礼に行っておけ」

うん、と頷いて、食卓につく。

料理はどれもこれも美味しかった。

もぐもぐと咀嚼《そしやく》する間に、ボロボロと涙がこぼれてくる。

「おい、泣くか食べるかどっちかにしろ。忙しいやつだな」

「だって」

ゲラゲラ笑われながら、それでも泣きながら食べ続ける。

「こら、また人参残して」

皿の隅に除けた人参を指さされる。

えー、と少しだけ唇を尖らせた。けれど、なぜかとても嬉しかった。こうしてまた彼の小言を聞くことができると思うと、胸の中がじんわりと温かくなる。

「残さず食えよ」

うざい小言だって今日ばかりは甘い言葉に聞こえてくるから不思議だ。

「はぁい」

しぶしぶ口に入れた人参は今まで食べたどんな人参より、甘い味がした。


「ん？　なんでって？」

夕食の後片付けをしながら、藍は瑞生になぜ警察に戻らないのかと訊いた。

瑞生の父親が戻ってきたら、継がなくてもいいと言った行徳の言葉がやはりなんとなく気にかかったのだ。

「ひとつには、あれだ。うちの親父はここを継ぐ気なんかさらさらないってことだな。あいつは自分の仕事が好きで好きでたまんない人だから」

好きなもん、おれが奪い取るわけにいかんだろうが、そう瑞生は笑う。

ジャーナリストとして世界中を飛び回っているらしい父親のことを、瑞生はその自由さを含め愛しているようだった。

「瑞生は警察の仕事好きじゃなかったってこと？」

「いや、好きだったさ。人のために働くのは坊主でも刑事でも同じだからな。でもおれはここが好きなんだ……まあ、あそこにはおれの代わりなんざ、ゴロゴロ転がってるけど、ここにはとりあえずおれがいることで役に立てることもあるってことだ」

「だって、おっさんがあんたは警察で重要だって」

「んなことねえよ。おれより優秀な刑事なんてざらにいる。あそこで役に立ってなかったなんてことはないと思うが、組織なんてとこはいくらでも補充がきく。そういうもんだ」

瑞生はどこか遠くを見る。

「……おれはじいさんが死んだとき、事件を抱えていてすぐには駆けつけられなかった。けど、ここの人たちがおれがくるまでじいさんの面倒をみてくれてたんだ。じいさんがここでどんなに愛されてたか、そのとき改めてわかったんだ。じいさんがそんなに愛されていたのは、じいさんがここの人たちを愛したからだ。だから、おれはここに残ろうと決心した。ここには年寄りだけの家も多い。何かあっても、遠くに住む息子や娘たちがすぐには駆けつけてやれないかもしれない。じいさんを大事にしてもらったように、おれもそういう風にみんなを大事にしてやりたいってな。警察を辞めたことの理由はそれだけだ。ここの人たちの役に立ってじいさんの代わりをして、恩返ししたいだけだ。あそこはおれが辞めたところで痛くも痒くもねえよ。実際、若くていきのいいやつが活躍してる」

藍にもそれは痛いほどわかった。いくらちやほやされて、藍しかできないと散々おべっか使ってきていても、藍が本当に使えないとわかると、手のひらを返した。代わりなんていくらでもいる。その通りだ。

「なに泣きそうな顔してんだ。ああ、やなこと思い出させたか。悪かった」

藍は首を振った。

一時は真剣に華やかなあの場所に戻りたかった。光の中でシャッター音を聞きながら、みんなの注目を浴びて。

しかしその道は絶たれてしまった。自分のいる場所はどこにもないと、諦めてしまったがために、いい加減に道を探し、間違った場所へ迷い込むところだった。

「いいのかな。おれ、ここにいても」

「いていいんだ、藍。じゃなかったらみんなおまえのために何かしたりしない。おまえがここで必要だから、おまえっていう代わりのきかない存在だから、心配してくれたんだろうが」

うん、うん、いつまでも藍はこくこくと頷く。

「ここにいろ。藍。おれといろ」

そっと肩を抱かれる。

ここに来なかったらこの男と会えなかった。彼がいたから間違った場所へ辿り着かずにすんだ。

ここでもう一度やり直してみたい。

「……あんたがいるなら、おれ、ここにいたい。……おれが間違いそうになったら、あんたがおれを叱ってくれんだろ。ずっと」

「ああ。おれがいる。間違ったことしそうになったら、おれがいつでも叱ってやるから」

「……ゲンコツはやだ」

じっと上目遣いで見ると、瑞生はにやりと笑う。

「違うお仕置きしてやるよ」

一際セクシーな声で耳元に囁かれる。

腰にズンとくるような、色めいた声。

「この……！　エロオヤジ……！」

照れ隠しにそう言ったが、その後の言葉は彼の唇の中に吸い込まれた。

さあこれからセックスしますよ、とばかりに風呂に入って、身体をピカピカに磨き上げるのは恥ずかしかったが、藍もそろそろ限界だった。

男ってどうしてこう、身体が素直に反応してしまうんだろう、と半ば呆れながら、けれどドキドキしながら風呂から上がる。

一緒に入ろうか、と言われたけれど、一緒になんか入って既に臨戦態勢のこれを見られるのは、死ぬほど恥ずかしい。

瑞生の部屋の襖《ふすま》を開けると、布団がふたつ並べて敷いてあり、ぴんと張ったシーツに気後れした。

「何やってんだ」

背後から声をかけられて藍は飛び上がる。

「な、な、なんでそんなとこ……っ！」

「や、これ取ってきただけで」

そう言って見せつけられたのは、ローションとコンドーム。

そのあからさまなシロモノに藍はカッと顔が熱くなる。

「バ、バカ！　デリカシーの欠片もないったら！」

「えー。なんだよ。じゃあ、あれか、おまえのケツの穴がふやけるまで舐めてやろうか？　この前みたいに」

そう言われて、この前散々後ろを舐められたことを思い出し、顔から火が出るほど恥ずかしくなるような体位を取らされたことも一緒に思い出す。

「いっ、いいから！　いいから！　ろ、ローション使ってください！　お願い！　お願いしますっ」

「はじめっから素直にしてりゃいいんだって。つうか、今更恥ずかしがるようなもんでもないだろうが」

「恥ずかしいから！　めっちゃ恥ずかしいから！」

「そんなこと言って、ここここんなにしてたら、説得力ねえぞ」

ハーフパンツの上から、ぎゅっと股間のものを握られる。

「――――っ」

いたたまれない。ものすごくいたたまれない。

「脱げよ。今日はおまえの身体の隅々まで愛してやるから」

こんなオッサンくさいセリフなのに、笑うどころか、言われて身体が熱くなるなんてどういうことだろう。

「あんたも脱げよ。この間あんた結局着たままだったくせに」

挑発的にそう返すと「それもそうだな」と瑞生は手早く作務衣を脱ぎ始めた。

作務衣の下から現れた瑞生の身体は見惚れるほど逞しく引き締まった筋肉で覆われていた。均整の取れた身体つきは、このままモデルといってもおかしくないほどのプロポーションだ。

そして、下衣がストンと落とされる。

「…………！」

下着の下で、瑞生のものが男らしく変化し、逞しくそそり立っているのがありありとわかる。彼の欲望を見せつけられて、思わず息を詰めた。

「どうした。ほら、おまえも脱げ。おれのヌードばかり晒すのは不公平だろ。モデルは人前で裸になるのは平気って話は嘘か」

仕事で裸になるのは平気だが、今、彼の目の前で裸身を晒すのは恥ずかしい。以前のようにきちんとケアしている身体ではないからだ。それに――。

見られている。

視線の熱さに、どうにかなってしまいそうだった。

「藍」

名前を呼ばれて、着ているTシャツに手をかけた。たった数枚の衣服を脱ぎ捨てるだけなのに、ひどくもどかしい。

ボクサーパンツ一枚になると、瑞生は「なんだ今日はエッチなパンツじゃねえのか」とがっかりした顔をした。エッチなパンツってあれか、ジョックストラップのことか、と藍は呆れ顔になる。

「いいだろ！　どうせ脱ぐんだから！」

エッチなパンツってなんだ、全く。色気のないパンツで悪かったな。藍はぷうっと頬を膨らませた。

「まあ、いっか。今度またあのパンツ穿いてくれな」

「もう穿かねえよ、ばーか」

そうは言ったがきっと、ねだられれば穿いてしまうのだろうなとも思う。

「えー。……それにしても、おまえの身体、ほんっとエロいな」

瑞生は藍の身体を上から下までじっくりと眺める。まるで舌なめずりする音が聞こえるかのようだった。

「乳首はピンクだし、ここもとか……ここもとか……」

言いながら、藍の背中から尻にかけて、手のひらがするすると撫で下ろされる。

「あ…………」

声を漏らすために開けた唇に、唇を重ねられた。熱い舌が入り込み、逃れるかのように反射的に舌を引っ込めると、すぐさま追いかけてくる。

ねっとりと絡められ、吸われる。

「……ん……っ……ふ、……ぅ……っ」

口内を舐め回す舌の動きに翻弄され、次第に体温が上がっていくのを感じる。

気持ちがいい。

口づけに没頭していくうち、身体は完全に瑞生に委ねていた。立ったまま腰を抱きかかえられ、両足の間に彼の太腿《ふともも》を割り入れられる。

身体はぴったりと密着し、そして彼の昂《たか》ぶりを股間に擦りつけられた。ぐりぐりと腰を押しつけられれば、否《いや》が応でも互いの欲望を感じてしまう。

厚い胸板に乳首は潰《つぶ》され、けれど淡い刺激が物足りなくて身体が揺れる。これだけでもうイってしまいそうなくらい気持ちがよかった。

「おいおい、もう腰抜けそうになってんじゃないだろうな」

唇をようやく離したとき、茶化した口調でそう言われる。が、もうその頃には反論なんかできないくらい……瑞生の腕がなければ本当にへたり込んでしまいかねなかった。

瑞生いわくエッチじゃないパンツはぺろりと剥がされ、身体を布団に横たえられた。

当然彼も丸裸だ。

この間は暗がりの中だったし、後ろから入れられたから、彼のペニスがどんなだったかはよく知らなかった。

けれど、今、煌々《こうこう》とした灯《あか》りの下で、見せつけられているそれは思っていたよりも大きく、そして男なら羨ましいと思うくらいの形のよさで、雄々しいそれを思わずまじまじと見入ってしまった。

「すご……こんなのマジでおれん中に入ったんだ……」

感心したように言うと、瑞生はクックッとおかしそうに笑う。

「おまえ、ホント、口開けば全然色っぽくねえのな。身体はエロいくせに」

そう言って、薄い桜色をした藍の乳首にやんわりと歯を立てた。そうして敏感な乳首を舌先で転がす。

「──あっ……ぁ……」

艶めかしく色づき、つん、と乳首が勃ってくる。唾液に濡れたそれはひどくいかがわしかった。瑞生はもう片方を指で摘まみ、指の腹で捏ねたり潰したりを繰り返す。

乳首を吸われる度、瑞生のざらりとした無精髭《ぶしょうひげ》がチクチクと肌を撫でた。くすぐったいようなそんな微かな刺激すら快感に結びつく。

かと思うと、今度は藍の乳輪だけを舌で舐め、乳輪以外のところにはけっして触れなかった。ねろり、ねろりと先端に触れずに乳輪をゆっくりと舐められる。一番舐めて欲しいところには舌は与えられず、紅く熟し固く尖って刺激を与えられるのを待っていた。

瑞生はそこに意地悪く、ふっと息を吹きかける。

「……っァ」

たったそれだけの刺激に藍は濡れた声を漏らした。もう、藍の目は潤んで眦《まなじり》に涙の粒さえ浮かべている。

「やだ……もう……ずい……しょ、触って……っ」

「どこ、触って欲しいか言えよ」

意地悪だ。けれど、このままでは生殺しに等しい。

「ちく……び、乳首触って……っ」

藍が一番触れて欲しかった胸の先端に唇が辿り着いたとき、藍はひときわ大きく声を上げた。

「……あぁっ……っ……ぁ……ァ」

「やらしい声だな。藍、その声もっと聞かせろ」

瑞生が丹念に乳首への愛撫を重ねると、藍は更に声を出す。もう押さえきれないのか、自分から腰を浮かせ始めた。

「……んっ……ぁ……あぁ……っ」

胸の刺激だけでも感じてしまうのに、藍のペニスは瑞生の空いた方の手でやわやわと触れられている。

同時に敏感な部位ばかりを攻められてしまうと藍にはもう為す術もなく、あとは快楽に堕ちていくだけだ。

ビクビクと身体を震わせ、足もとのシーツを何度も何度も蹴る。

瑞生の唇が身体中を這い回り、藍のペニスの先からは啜り泣くように、先走りがこぼれ出していた。

じれったいくらいの、ゆるゆるとした愛撫を仕掛けられて、藍は自由に動かすことができる方の腕を瑞生の首に絡め、彼の身体を引き寄せる。そうして自分から身体を揺らして彼に擦りつける。

「……ぁ……や……ぁっ……」

もっと違う刺激が欲しい。

身体の中に生まれた熱は、もうどうしようもないくらい外へ放出したがっていた。

あの逞しいもので、中を抉って欲しい。

身体はもうどうにもできなかった。自分のペニスは張りつめてはち切れそうになっているし、後ろの孔は瑞生の滾《たぎ》ったものを入れて欲しくてひくりと疼いている。

瑞生の指が後孔の周りをぐるりと撫でる。

それだけでぴくっとそこが蠢くのを感じてしまう。

「ほしがりだな、藍のここは」

入れて欲しそうに淫らに蠢いている藍の窄《すぼ》まりを瑞生は指で感じて悦に入る。

「――ココ赤くなってひくひくしてる。そんなにほしいか」

「バカ……っ――ん……っァあ……」

瑞生はローションを指に掬い取り、ぐちゅぐちゅと後孔に塗り込めてそこを解していく。指が奥へ奥へと侵入すると甘い疼きが全身を駆けめぐるように走った。そしてもっとそこに充足感が欲しくて、喘ぎと共にその指を呑み込もうと内壁は蠕動《ぜんどう》を始める。

「あ……っ……あぁ……っ」

「どうして欲しい？」

いつの間にか二本、三本と増やされた指が中で、ぐりっ、と藍の一番弱いところを責め、藍は嬌声《きょうせい》をあげた。そこを瑞生のもので突いて欲しくて、藍は荒い息遣いと共に言葉にする。

「くれよ……っ、じれったい……こと……すんなっ……っ」

語尾を喘ぎに変えた、懇願するような藍の泣き声に、瑞生は笑う。

なのに、まだ欲しいものは与えられない。

中の快感を呼ぶ場所を執拗に擦られ、そのすぎた刺激に藍は首を振ってシーツを指で掻き寄せる。

「ああっ、……あ……あ……」

身体は焼けるように火照《ほて》り、じんじんと痺れるような快感が脳髄を蕩かす。

「んっ……んっ……ずいしょ……っ……やっ……も、う……」

立てた膝を開き、腰を浮かせて揺らし、瑞生を誘う。

鼓膜の端に、ピリッと微かなコンドームのパッケージを破る音を捉えた。ほんの僅かな空白の時間なのに、何十分にも思えるほど長い。

「ほしいか」

覆い被さり、耳元で囁かれる声。低く、尾てい骨まで振動させるような熱を持った声に「入れて……！」と必死で泣き叫んだ。

瑞生は藍の言葉に満足するように、いきり立ったものを宛がい、ぐいと腰を進めて藍の後ろに押し込めた。

「――――っ……あァッ……！」

その圧迫感に藍は一瞬身じろぐが、すぐさま与えられる口付けに、後ろを緩める。

「……ん……っ、……んんっ……」

奥まで、飲み込んでしまうと後は貪欲に瑞生のものを味わおうと、内壁が淫らに収縮を繰り返した。

「あっ、あ、あ、……っ……ん……っ」

後ろを深々と抉ったかと思うと、瑞生は腰を揺らす。浅く、深く、緩急つけた抽送に藍はひっきりなしに声を上げた。

藍のペニスは握り込まれ、後ろの抜き差しと共に擦られる。ぐちゅぐちゅいう音が後ろからのものなのか、それともペニスを擦られている音なのか、快感にまみれた頭では判別がつかない。

ただ、藍はシーツを掻きむしるように指を立てる。

「やっ……、やあっ……、も……」

知らずびくびくと身体が跳ね、足先が宙を踊る。

いきたい。

なのに、ペニスの根元を握られていて、吐き出したいのに吐き出せない。せき止められた快感が苦しくて、痙攣《けいれん》するように背を反らす。

「もぉ……ゃ……ぁ……っ、……」

蕩けてしまうほどの快感に啜り泣いて、声を上げた。

「いかせてくれって、言ってみろよ」

これが坊主の言うことか。意地悪いことを言う瑞生を睨みつけたが、ズンと奥を抉られ藍は息を飲む。

ひどい、ひどい。瑞生なんか地獄に落ちてしまえばいい。

しかし、藍の顔の上にぽたりと落ちた汗にもう一度彼の顔を見ると、彼自身も切羽詰まった顔をしている。セクシーなその顔に、やっぱりこの男が好きだと思う。

「い、いかせて……。もういかせて……、瑞生、いかせて。お願いだから……っ」

その淫らな声に瑞生は煽《あお》られるように、激しく自身を突き動かし藍を揺さぶり責め立てた。

縋《すが》り付く藍が喘ぎと共に「瑞生」と名前を口にする。声を上げすぎて掠《かす》れてしまった声に煽られるように、瑞生はよりいっそう激しく藍を突き上げた。

藍の中で薄い皮膜越しに、どくりと熱い感触を覚える。同時に、とろり、と藍が吐き出した白濁したものが腹を伝ってシーツに落ちていった。


恋人らしくキスしたり、触ったりとイチャイチャしながらそんなことを訊いてみた。

瑞生の腹の上に身体ごと乗っかって、藍は訊く。

「いつからおれのこと好きになったわけ」

「いつから？　うーん……ぶーたれながら草むしりしてたときか。文句言いながらちゃんと真面目に草むしりしてたのが可愛くてな」

ということは、殆ど初めからずっとじゃないのか。それを長いこと隠していたとは。

「うっわ……ひくわ……このムッツリ」

呆れたように言うと「本心を悟られるなんてそんなヘマおれはしねぇよ」としれっと言ってのける。

「けど、おまえがおれの名前呼びながらひとりエッチしてたときには、本気でそのまま襲っちまおうと思ったね、おれは」

「～～～～～～～～っ！」

なんてことだ。

あれを見られていたなんて。全く油断も隙もないというか、何てことないという顔をした下で、そんなことを考えていたとは。

「おい、何真っ赤になってんだ」

藍は瑞生の胸に顔を伏せたまま、しばらく顔を上げられなかった。


「いや、申し訳なかった。この通りだ」

行徳が藍に頭を下げる。

目の前には大きな菓子折が置かれ、床に頭をつけそうな勢いで行徳は藍に向かって謝罪をしていた。

あれから、正覚寺の本尊である仏像は無事に見つかり、しかるべき手続きの後、寺へ戻された。

「行徳、おまえきっちり反省しろよ。おまえのせいでこいつが嫌な目に遭ったんだからな」

行徳はばつが悪そうにただ苦笑いを浮かべている。

「それから、まだ何か言うことあるんだろうが」

瑞生にそう言われた行徳は「あっ」と声を上げ、そして苦々しい顔をする。大きな身体が肩を縮めみるみるうちにしゅんとなった。

言うことってなんだ、と藍が様子のおかしい行徳をじいっと見ていると、ややあって「その……」と汗を拭きながら歯切れの悪い口調で行徳は切り出した。

「その……藍、サンが関わっていた……リサイクルの……アレ……」

「ああ！　もう！　何ぐだぐだ言ってんだ。もういい」

瑞生は行徳がなかなか話し出さないものだから、業を煮やして口を出した。

「あのな、藍。前におまえからもらった、偽リサイクル業者の連絡先や情報。あれがきっかけで、詐欺グループが摘発されたんだってよ。そんでこいつちゃっかり自分の手柄にしやがった。まんまと他の部署に恩を売ったらしいぞ」

すっかり忘れていたことだった。そして思ってもみなかった展開に藍は目を瞬かせる。

偶然見ただけの、そしてたまたま忘れずに覚えていただけのことだったが、役に立ったということか。

「おまえのおかげだ」

笑って瑞生が言う。

「あ……じゃあ、おれ……」

藍も関わらなかったとは言わない。ならば咎《とが》められるべきではないのか。ここにこうしてのうのうといていいものだろうか。

藍の顔に陰が落ちる。

「そんな顔するな。おまえにはお咎めなしだとよ」

「え？　なんで？」

「まあ、それはここの野郎が、うまいこと取りなしてくれたらしい。おまえにかけた迷惑のことを考えたら当然だと思うがな。な、行徳」

ちくりと瑞生に言われ、行徳は苦笑しながら頷いた。

「でも……」

でも、と不安げな表情をしてみせる藍へ瑞生は安心させるように笑いかける。

「そうだな、藍。おまえはほんの一時だったとしても悪い心に囚われていた。あと少しで罪を犯すところだったよな。でも後悔してる。そうだろう？」

藍は頷く。瑞生の言う通り心から後悔している。だからもう、絶対にあんなことはしない。

「だったら、これからはきれいな心できちんと生きていけ。なにも気負って無理に善いことをしようとしなくていい。もちろん誰かになにかしてあげたいって気持ちは大事なことだから、したければどんどんすればいいが。……前にも言ったが、善いことも悪いことも、自分のしたことは全て自分に返ってくる。打算や下心のある行為も全部だ。そのことを覚えておけ」

僧侶らしい、瑞生の言葉だ。

「うん……わかったよ。おれ、あんな嫌な気持ちになるのはもういい」

「わかったら今回のことはおまえの戒めにして、けっして忘れないことだ。――行徳、聞いたな。藍は反省してる。そしておれがちゃんと見張ってる。二度とこいつに悪いことはさせない。だから、今回のことは、後はおまえがなんとかしてくれるってことで。人ひとりえん罪で捕まえるところだったし、そのくらいするよなあ？」

ニッと笑い、更なる圧力をかけている。

瑞生がいるなら自分は大丈夫。彼が背中を見守ってくれるのなら、この先新しい道を歩いていける。寄りかかっても、全部を受け止めてくれる男へ藍は微笑みを向けた。

「あとな、行徳。この際だから、改めて言うが、おれのことはもう放っておいてくれ。いくら言われても復職はしない。おれは決心して退職したんだ。おまえの気持ちはありがたいが、ここらのみんなの世話を焼くのが今のおれの仕事だ。……それに藍にこれ以上いちゃもんつけるなら、おまえとの付き合いは金輪際やめちまうぞ。いいな」

突然表情を変え、真顔で行徳にそう瑞生は言い切った。

行徳は不本意な顔をしていたが、瑞生がずっと睨み付けていたせいか「わかったよ」とだけぼそりと言った。

行徳が帰ってしまった後、縁側で彼が持ってきた最中を食べる。

「これ、少しもらっていい？」

ぎっしりと並んだ最中を指さし、藍は瑞生に訊く。

「ん？　ああ、いいぞ。ばあちゃんたちに持って行くのか？」

「うん。みんな甘いもの好きだから」

藍は、少し前から、トシさんの口利きで漁協で事務のアルバイトと、それから福祉施設でボランティアを始めていた。メインは話し相手だが、ときどきおばあちゃんたちへメイクをしてあげたり、手軽にできるお洒落のアドバイスをしたり、そんな風に昔の仕事を生かせることが嬉しい。

「そうか。じゃあ、持っていく分はよけておけ」

「うん」

「ああ、そうだ。手紙出したのか」

瑞生が訊いてくる。

「出したよ。ちゃんと」

「そうか。なら、いい」

藍は家族へ手紙を出した。瑞生がしきりに出しておけとうるさかったのだ。だからごく簡単にだったけれど近況を書いて投函《とうかん》した。

藍の手紙を読んで家族がどう思うかわからない。けれど、胸を張ってここにいます、とだけは言える。だから出そうという気にもなった。

今、認めてくれなくとも、いつかわかってもらえるならそれでいい。藍の方から、家族へ歩み寄ってみようと手紙を書いた。

そういう風に考えられるようになったのも、ここで優しい気持ちをたくさんもらったから。ここで人との関わりを学んでそう思った。

今日は風が涼しくて、気持ちがいい。

行徳の持ってきた最中はなんでも予約しなければ買えないものらしく、包みを開けて瑞生が「おお」と感嘆の声を漏らしていた。どうやら大好物らしい。

「さすがに旨いな。こんないいもん持ってきたってことは、あいつもちゃんと反省したってことだ」

帰っていったときの行徳の背中が藍にはちょっぴり寂しそうに見えていた。

藍には行徳の気持ちがなんとなくわかる。

藍は瑞生に恋してしまったけれど、そのくらい今隣に座っている男は魅力的だ。深く友達を思う気持ちと恋愛感情は極めて近い気がする。特に、寝食を共にした経験があるなら尚更。

「何もあそこまで言うことなかったんじゃないの」

だから少しばかり行徳に同情しつつ、藍は瑞生に言った。すると「おまえが泣くのを我慢しているのは見たくない」とまたひとつ最中を口の中に放り込む。

「い、いつだよ。いつおれが……！」

「あいつが余計なこと吹き込んだあたりから、泣きそうな顔してただろうが。泣きたいなら泣けばよかったのに。いつおれに泣きつくのかと思って待ってたんだが」

ずるいことを平気で言う男に、藍はぷうっと頬を膨らませた。

そうして瑞生がまたひとつ手にした最中を横から奪い取る。最後のごま餡《あん》だ。そうしてやけくそ交じりに、大口を開けて頬張った。

「おい、それおれの……!」

「知るか」

もぐもぐ甘い最中を咀嚼しながら、プイと顔を逸《そ》らす。

けれど、そんな顔しても可愛いけどな、といけしゃあしゃあと言ってのける男を好きになってしまったのは自分だ。

藍は最後の一口を食べながら空を仰ぐ。

そして自然と笑顔になる。

この町に来たときと同じような青い空が藍の目の前に広がっていた。

有頂天ラヴァーズ

自分から、父親へメールをするというのはそう滅多にはない。そもそもメールなどしたところで返事がくる保証もないし、いい年した父子の間で頻繁《ひんぱん》にメールのやり取りなど、考えただけでちょっとひいてしまう。

「じいさんの葬式以来か……？」

桜庭瑞生《さくらばずいしょう》はメーラーの送信履歴を眺め、もう一年以上も父親とろくなやり取りをしていなかったことに気づく。

とはいえ、瑞生と父親とは特に仲が悪いわけでもなんでもない。むしろ、お互いを理解し信頼し合っているからこそ、ゆえだ。

瑞生の父親はジャーナリストとして世界中を飛び回っている。ときどき忘れた頃に居場所を知らせるメールが届くが、それ以外はどこにいて何をしているか、さっぱりわからない。

さすがにまだ瑞生の母親が生きていた頃は彼の活動拠点は日本にあったが、瑞生が中学に入る直前に母親が亡くなってからは、海の向こうへ行ったきり。昨年祖父が亡くなるまで二年に一度帰国すればよい方だった。

そんなわけでまめに連絡をよこす父親ではないし、その血を受け継いだ瑞生も筆まめな方ではない。

なので、連絡が疎《おろそ》かになるのは必然とも言えた。彼に何かあればすぐにサポートをしているマネージャーから連絡がくるだろうし、それがないのは元気でいるという証《あかし》だ。便りがないのは……というのを身をもって実感している。

「さて、と」

瑞生はキーボードに向き合うと、父親に向けて今まで殆《ほとん》ど書かなかった、自分自身の近況について綴《つづ》った。——主に、三ヶ月ほど前からこの寺にひとり、同居人が増えたことを。

「瑞生、冷蔵庫に昨日の残りのおでん入れてあるからそれ昼飯にしといて。後は……」

ひょんなことからこの寺の居候になり、その後めでたく瑞生の恋人となった藍《あい》が、朝早くから慌《あわ》ただしく駆けずり回っている。

「ああ、わかったから。おまえもう出る時間だろう?」

藍にはこれから予定がある。そろそろ家を出ないと間に合わなくなってしまう。

「うん。でもまだ間に合うし」

「今日の予約時間、早いって言っていただろう。後はいいから早く行け。電車乗り遅れるぞ」

心配そうに急《せ》かす瑞生に、藍はにっこりと眩《まぶ》しいくらいの笑顔を向ける。

「平気だって。走れば楽勝」

さすがに元モデルだけあって、藍の笑った顔というのは恋人フィルターを抜きにしても、いちいちドキリとさせられる。特に、自然な笑顔の破壊力といったらない。

鼻の下が伸びそうになるのを我慢しつつ瑞生は玄関まで藍を追いやった。

「油断は禁物だぞ。おまえ結構抜けてるところあるからな」

「ひでえ。そんなに信用ないのかよ」

唇を尖《とが》らせ拗《す》ねる顔も可愛《かわい》いと思うのは末期かもしれないと思いながら、それはおくびにも出さず、努めて平静を装う。

「せっかくその腕、だいぶ動くようになってきたんだから、ここでリハビリ休んだら元も子もないだろうが」

「わかってるって。心配しなくてもちゃんと行くから。――じゃあ、いってきます」

「おう」

藍の片腕は事故による怪《け》我《が》で自由に動かなくなったという。気をつけていれば日常生活ではさほど支障ない範囲とはいえ、仕事で身体《からだ》を動かす場合には差し障《さわ》る。特にモデルという職業の場合は致命的だ。そしてそれが理由で、藍はモデルを辞めてしまっていた。

それを機に藍の人生は大きく変わってしまったわけだけれども、彼の怪我がなかったら、こんなド田舎《いなか》の寺になど縁はなかったはずだ。人の運命というのは、どう転がるかわからない。

藍も今ではここで、近所のおじいちゃんおばあちゃんとお茶を飲みながらニコニコ話をしている暮らしに満足している様子だからそれはそれで幸せなんだろうと思うのだが、藍の腕が気にかかった。治療の余地が残されているのでは、と感じたのだ。

医師に相談したところ、リハビリをきちんとすれば完全にとはいかずとも今よりもずっと動くようになるのではとのアドバイスを受けて、ひと月ほど前から少し離れた大きな病院でリハビリ治療を受けている。

軽薄そうな外見に反して、意外と藍は真面目《まじめ》な青年だ。モデル時代もきっとコツコツと仕事をこなしていたのだろう。その根気強さで、徐々にリハビリの効果が出てきている。

「藍も出かけたし、おれもキリキリ働くか」

独りごち、瑞生はいつもの通りのスケジュールをこなすことにした。

そのほかに、今日は事務作業が山ほどある。

旧盆《きゅうぼん》も秋の彼岸《ひがん》も過ぎて、寺の住職代理としての仕事は一段落しているが、今度は年明けの確定申告へ向けて、書類や帳簿の整理が待っている。

寺といえど、多少優遇されているとはいえ税金も納めなければならない。

この正覚寺《しょうがくじ》のように田舎の寺は、過疎《かそ》化と共に檀家《だんか》も減り続け、収入は年々減る一方だ。

月に数度、比較的近い大きな寺から頼まれ葬儀の手伝いに行くから、なんとか赤字を出さずにいるが、それがなければ生計はなり立たない。

ずさんにしていてはたちまち経営は傾くため、好き嫌いに関わらず、事務作業も大事な仕事である。

瑞生は一通りの掃除を終えると、自室にあるパソコンを立ち上げた。

経費削減のためにはまず人件費を削るところから始める。なので、経理関係もやれるところまでは全て自分でこなす。作業の効率化が何より第一である。

寺にもＩＴ化の波が、とそんな記事を時々経済雑誌だの新聞紙面だので目にするようにもなってきたが、正覚寺の場合はご大層な理由は何もない。やむにやまれずといったところか。

刑事を辞めて寺に戻ってきたときには複雑怪奇な書類の山にうんざりしたものだったが、ルーティンにしてしまえばなんとかなる。今では慣れたものだ。

一頻《ひとしき》り、事務作業をこなしたところで、メールをチェックする。近頃は地域の様々な連絡事項もメールでのやり取りが多くなってきた。

数通のメールの差出人へ目を通したところで瑞生のマウスをクリックする手が止まった。

「……珍しいこともあるもんだ」

瑞生が思わずそう洩《も》らしたのは、他でもない。昨夜父親へ送ったメールに、もう返信があったからだ。信じられなくて何度もメールボックスを眺める。

そもそも返信がないのが当たり前だと思っているので、まず返信があったことに驚くし、しかも次の日すぐに返事がくるというのは、これまでの父親とのやり取りでも一、二を争うほどの早さだった。すぐに返事がきたのは、祖父が亡くなったときだけ。その父親がこれほど早く返事をよこしたとは。

瑞生はすぐにメールを開く。

「あー……こりゃ、なんか勘違いさせちまったか」

父親からのメールを読みながら、瑞生は苦虫を噛《か》み潰《つぶ》したような顔になる。

というのも、瑞生が父親へ送ったメールには――藍という恋人ができた。また、その藍はこの正覚寺で一緒に暮らしていて、伴侶として添い遂げたいと考えている――と、ごく簡単に報告したものだったが、どうやら簡単すぎたのかもしれない。

「しまった。……そうか……藍って名前だけだと……なるほど」

うーんと瑞生が唸《うな》ってしまったのも無理はない。どうやら、父親は「藍」という名前から、藍のことを女性だと勘違いしてしまったらしいのだ。

なぜなら父親へ送ったメールに藍の性別について記しておくのを失念してしまっていたのである。

元より、長い文章が苦手とあって、簡潔な文面になってしまったのは自覚している。慌てて自分が送った文面を見返したが、やはり浮かれていたのか、全《まった》く言葉が足りていない。同性の恋人だという、その肝心な部分を記していなかったため、誤解されてしまったようだった。

おまけに――。

《おまえに一生を添い遂げたいと思う相手が出来たのは父親としても喜ばしい。すぐにでも帰国して、おまえのハートを射止めた可愛い嫁さんをこの目で見てみた

いが、まだ当分はここから動けない》

そう綴られた後、藍の写真を送れと続いていた。

「嫁って。しかも写真……ねえ」

瑞生は自分の趣味嗜好《しこう》が必ずしもヘテロではないと自覚はしていた。が、父親がそういう自分の性癖まで知るはずもない。なので恋人が女性であると思い込んでもそれは仕方なかった。

しかも名前が名前だ。「アイ」という名前は女性にはゴロゴロしている。うっかりしていたとはいえ、性別をきちんと説明しなかった自分が悪い。

瑞生にとっては男だろうが女だろうが、藍という存在は愛《いと》しい恋人であるというただそれだけの存在で、性別の括《くく》りは全く関係ないと思っていたが、客観的に見れば名前だけでは誤解を招きかねない。瑞生は伴侶という表現を用いたが、藍を女性と思い込んでしまえば、それは「嫁」と受け止められて当然だった。

藍が女性であるという誤解をまず解かなければならないが、写真を送れということだし、それを見れば、藍が男性であるのは一目瞭然だろう。

「まあ、親父《おやじ》のことだから、写真見せりゃわかるか」

昔から好き勝手ばかりしていた父親だ。息子である瑞生に生き方について何も言わなかった代わりに、家族をほったらかしにして、世界中を飛び回るような男である。

父親としてかなり型破りであるとは思うが、瑞生を幼い頃からひとりの人間として認めてくれていた彼は、世間とは違ったやり方ではあったが、生きるための様々なことを教えてくれていた。そういう意味では、彼の教育は成功したのかもしれない。

リベラルな彼は、自分と藍の関係にもとやかく言わないだろう。

七面倒な言い訳より、ビジュアルを突きつけた方が理解が早い、と瑞生は勝手に決めつける。

取りあえず藍の写真を父親に送ってしまえば、それで解決すると瑞生は結論を下した。

「藍が帰ってきてからだな」

藍がそろそろ帰ってくる時間だ。話をして、写真は明日にでも撮らせてもらおう。写真を送る前に返信しておくべきか、と思案に暮れていると物音が聞こえた。

そして、すぐに勝手口から声が聞こえてくる。

「瑞生さーん」

カヨの声だった。今日は何の用だろうか。

近頃藍が忙しくしているせいで、カヨたちはなかなか藍に会えないとぼやいていたから愚痴に付き合わされるのかもしれない。

藍の持ち前の明るさは、みんなを元気にする。それに実はかなりのお人好《ひとよ》しだ。

──だから貧乏くじ引くんだ。あいつは。

瑞生は呆《あき》れたように笑う。

根っこのところでずるさの欠片《かけら》もない藍だからこそ、瑞生は惹《ひ》かれたわけだが、多分あの性質では、これまでに何かと割を食っていただろう。

だが、ここではその人の好いところが可愛がられ、そして受け入れられている。

彼の存在はもうここいらの人間にはなくてはならないものになっていた。

藍と初めて出会ったとき、どうしてか放っておけなかった。藍ともうひとりの男が、セツのところで詐欺《さぎ》まがいな行為をしているというのはすぐにわかったが、いきなり警察に突き出さなかったのは藍たちがあまりにも不器用すぎたからだ。

全く息の合わないコンビで、はなからど素人《しろうと》だというのが丸わかりだったし、加えてもうひとりの男は藍を見捨てて逃げていってしまったほどだ。かつては刑事で、数多くの犯罪者と相対してきた瑞生から見れば、その全てが笑えるくらいお粗末だった。

不可抗力とはいえ殴った負い目もあったが、見場のよい藍がなぜああいったことをしたのか、またなぜ栄養失調になるまで食い詰めていたのか、という興味の方が勝り、寺に置いてみたが……。

「瑞生さあーん！　留守なのー？」

再びカヨが瑞生を呼ぶ。

「はーい。今行きます」

返事をしながら、結果的に藍に堕《お》ちたのは自分の方だったなと苦笑して腰を上げる。

どうせ大した用事ではないだろうと、メールを開いたパソコンはそのままに、廊下へ向かった。


カヨの用事は思いがけず長引いた。

寺からほど近い畑で、カヨの夫がぎっくり腰になってしまっており、瑞生は動けない彼を診療所へ連れて行く手伝いに駆り出されたのだ。

結局寺へ戻ってきたのはカヨに呼び出されてから一時間以上も後で、帰宅したときには既に藍も病院から戻ってきていた。

「おう、藍、帰ってきてたのか」

「う、うん。ついさっき」

どこかしら藍の表情が沈んでいるように見えるのは気のせいか。

そう思っていると、打って変わって明るい顔で藍が「あのさ」と切り出した。

「なんだ？」

「リハビリ、このまま順調にいけば、もしかしたら予定より早く終えられるかもって」

「そうか！　よかったな、藍」

「うん！　腕もだいぶ上がるようになってきたし。ほら」

にこにこと藍が笑いながら、腕を上げて見せる。

「おいおい。無理しなくていいから。痛みは？　腕上げても痛くないのか？」

「ここまでなら、もう痛くないんだ。あー、もっとよくなればいいのに」

「あまり急がなくていいぞ。急がば回れって言うだろう。やりすぎてまた痛めたら元も子もない」

「わかってるって。大丈夫。ちゃんと先生の指示通りにしてるから」

「それならいいが。――じゃあ、メシの支度するか。今日はコロッケにするから、じゃがいもの皮むき手伝え」

言うと、やったー、と藍が破顔する。

コロッケは藍の好物のひとつだ。特にコーンを入れたものが大好きらしい。

嬉《うれ》しそうに瑞生の隣で藍はじゃがいもの皮むきを手伝う。

小さな芽を取り除く作業に四苦八苦する藍を微笑《ほほえ》ましく見ながら、瑞生は自分が掴《つか》んだものが確かに幸福であると思う。

小さなことでも藍と分かち合える喜びに、瑞生は満足な表情を浮かべた。

支度を終えて、熱々のコロッケとたっぷりの千切りキャベツ。お揚げとワカメとタマネギの味噌《みそ》汁《しる》に、卯《う》の花。

「んー！　うっまー！　ほっくほく！」

コロッケを頬張《ほおば》りながら、藍が満面の笑みを浮かべる。美味《おい》しそうに食べる顔が瑞生には何より嬉しい。

藍の好き嫌いも随分少なくなった。苦手だと言っていた野菜も調理法次第で食べられるようになり、今ではセロリのピクルスは彼の好物のひとつだ。生のセロリを食べられるようになるのも時間の問題だろう。

「旨《うま》いねー。ジャガイモが美味しいのかな」

「今日のイモはカヨさんからの頂きもんだ。カヨさんのご主人がぎっくり腰になっちまって、さっき診療所に連れて行ってたんだよ。で、そのお礼だって言って」

「あ、だからさっきいなかったわけ？」

「ああ」

「そっか……ぎっくり腰って痛いんだよね？」

「そうらしいな。かなり痛そうだったが」

瑞生も軽い腰痛は経験があるが、幸いまだぎっくり腰はない。だが、カヨの夫を診療所まで連れて行った際、たかがタクシーの乗り降りと診療所の入り口までの数メートルと、ほんの僅《わず》か動くのすら呻《うめ》き声を上げ、脂汗《あぶらあせ》をかいていたから、痛みは相当ひどいように思われた。

「じゃあ、おれ明日にでもお見舞い行ってこようかな。痛いのってしんどいんだよね。誰《だれ》かと喋《しゃべ》ってた方が気が紛れるかもしんないし」

藍自身ひどい怪我を負った経験があるからなのか、気持ちがわかるらしい。ひどく心配そうな顔をしている。

「見舞いに行くなら、そこの羊羹《ようかん》持って行け。カヨさんとこはご夫婦で羊羹が好きだから」

「うん」

カヨはまるで自分の子のように藍を可愛がってくれている。セツもそうだ。彼女たちがいたから藍もすんなりこの地域に溶け込めた。

藍もそれをわかっているからなのか、彼女たちには特に心を砕いている。

腹一杯になるまでコロッケを食べた後、後片付けを二人で始める。

洗い物をしながら、瑞生はそういえばと、父親からのメールのことを切り出した。

「あのな、藍、頼みがあるんだが」

するとと藍の身体がなんとなく緊張したようにビクリとなった。

「ん？　どうした？」

「い、いや、なんでもない。何？　頼みって」

「それがな。この前、親父におまえのことを報告したんだが、おまえの写真が見てみたいって返事がきちまって」

「へ、へえ」

「おい、どうした？　なんかおかしいぞ、おまえ」

「な、なんでもないって。だって、おれのこと報告っていうから……緊張するじゃん」

それもそうか、と瑞生は納得する。藍の言う通り、親に紹介というのはそれなりにハードルが高い。藍も緊張するのかもしれない。

「おまえでも緊張するんだな」

「当たり前だろ！」

「そうか。まあ、そんなわけで悪いが、おまえの写真を撮らせてほしいと思ってな」

写真、と聞いた藍の顔が強《こわ》ばる。

「写真……」

「あ……」

リハビリに通う理由になっている、藍の仕事を奪った怪我は、他のモデルの嫉みで階段から突き落とされて負ったものだ。

藍は仕事が好きだったというから、怪我で不本意に辞めてしまったのは、きっと悔《く》いが残っているに違いない。

――思い出させたか。

瑞生は彼に思い出したくないことを思い出させてしまったのかと、眉根《まゆね》を寄せた。

「もうカメラの前に立ちたくなかったか。すまない。無理を言うつもりはなかったんだ」

藍に辛《つら》い思いをさせてまで写真にこだわらなくてもいい。父親にはちゃんと説明をすればいいだけの話だ。いずれ帰国するのだから、藍本人に会わせる機会もある。

「あっ、瑞生、違うって。ごめん。カメラの前に立ちたくないわけじゃないし、写真くらいいくらでも撮ってもらっていいんだけど」

「いいのか?」

「別におれの顔なんて、そんなご大層なもんじゃないし、それに全然気にしてないって。瑞生に心配してもらわなくても大丈夫だって」

「しかし……おまえ様子がおかしかったぞ。何かあるのなら言え」

「ごめんごめん。や、なんつうか、ほら、せっかく写真撮ってもらうなら、もう少しこう、肌とか髪とか手入れしたいなって」

へへ、と鼻の頭を指で掻《か》きながら、藍が照れ臭そうに笑う。

「そのままで十分だと思うが」

すると、藍にじろりと睨《にら》まれる。

「おれにはおれのこだわりあんだって。せっかく写真撮ってもらうのに、ハンパなことしたくないんだよね。だからさ、写真撮るの来週にしてもらっていいかな」

藍の言葉に瑞生もなるほど、と一応納得をする。藍も以前はそれで食べていただけあって、プロ意識がある。

以前、夏祭りで藍が浴衣《ゆかた》を着たときの姿を思い出し、瑞生の頬は僅かに緩んだ。

あのときの藍は誰もが振り返ってしまうほど、きれいで格好よかった。色っぽく着こなした浴衣姿に思わず押し倒してしまったが、自制心には自信があった瑞生を惑わせるほど、本気を出したときの藍の姿は魅力的だ。

もちろん普段の彼も可愛いのだが、それとこれとは違う話である。

一番きれいな藍を撮って、父親に見せびらかしてやるのも悪くない。

瑞生は胸の裡《うち》でにんまりとほくそ笑む。

「そうか。わかった。おれも明日を逃せば今週は忙しいし、週明けにでも」

「うん、ありがと。瑞生愛してる」

瑞生の首に腕を巻き付け、チュッと頬に小さくキスをする。

「おい、な、何……っ」

不意のキスに驚いていると、さっさと藍は瑞生から離れていった。

「風呂《ふろ》入ってくるねー」

ピカピカにしてくるから、と藍は鼻歌交じりに行ってしまう。

「あの小悪魔……」

呆れたように息を吐《つ》くが、藍を追っている目は愛おしげに細められていることに、瑞生自身はまるで気づいていなかった。

「おい、藍。準備できたかー？　写真撮るぞー」

絶好の晴天だ。背景は自分の寺だから風情も何もないが、あくまで主役は藍である。藍さえきれいに撮れればいい。

だが、藍を呼んでもなかなか現れなかった。

「何やってんだ、あいつ」

自室に籠《こ》もって、かれこれもう二時間以上も経《た》つ。準備するにも時間がかかりすぎているのではないか。

瑞生は藍の部屋へと向かう。

「藍」

声をかけながら、襖《ふすま》に手をかける。

「――――っ！」

襖を開けた途端、目に飛び込んできたものに瑞生は、目をぱちくりとさせた。

「なっ、なんだその格好」

開け放った襖の向こうにいたのは――女性の姿になった藍だった。

長い栗色をした髪のウィッグをつけ、ピンク色をしたやわらかい生地のふわふわとしたワンピースを着、そしてきれいにメイクをした……どこからどう見ても可愛い女の子だ。おそらく藍の性別を予《あらかじ》め知っていなければ、背の高い女性だと思うだろう、そのくらい完璧に女装している。

「そんなに驚かなくてもいいじゃん。……やっぱ変かな」

「いっ、いや、変じゃないが……よく似合ってる……けどなんでおまえその格好」

なぜいきなり女装しようと思ったのか、瑞生には皆目見当がつかない。

「なんで、って。……だって、撮った写真は瑞生の親父さんに送るんだろ？」

「あ、ああ。……や、だからってどうしておまえが女装……」

驚いたように言うと、藍はもじもじとしながら目を伏せて「だって……」と小さな声で呟《つぶや》くように言う。

「だって、瑞生の親父さん、おれのこと女の子だって思ってるだろ。だから……」

「え？」

「女の子だって思い込んでるのに、写真送ってあんたの恋人が男だって知ったら、まずいんじゃないか……って」

藍の言葉に瑞生ははっとした。

「おまえどうしてそれ――」

瑞生の一瞬の動揺を藍は見て取ったのかくしゃりと顔を歪《ゆが》める。

「ごめん、見ちゃったんだ。メール」

あの日……瑞生が父親からのメールを開いたまま、しばらく用事のために部屋を空けていた。そういえば、部屋を空けている間にいつの間にか藍は帰宅していて、そしてそれから藍の様子がおかしくなっていた。

「ああ……」

どうりで彼がこのところ微妙な態度を取っていたわけだと合点する。

「うん……。あの日、リハビリの結果真っ先に伝えようと思って、部屋に行ったのに瑞生いなくて。見るつもりなかったけどさ、パソコン立ち上げっぱなしだしと思って、つい……」

ごめん、と藍は謝る。

「いや、あんなメールを開きっぱなしにしていたおれが悪い。すまない。気を悪くさせてしまっただろう」

「……瑞生はやっぱり女の方がいいのかなって……」

「なっ……、そんなのあるわけない」

「だったらどうしておれが女だって親父さんが誤解したんだよ。はじめから男だって説明していたら、親父さんだって誤解しなかったんじゃねえの」

「それは……！」

藍の指摘はもっともなことだった。

女装しようとしたのも、自分がうっかりとはいえ父親にも藍にも迂闊《うかつ》だったためだと瑞生は申し訳ない気持ちになる。

「いいよ、もう。なあ、瑞生。この姿でよかったら写真撮ってくれよ」

ね、と藍がにっこりと笑って見せる。

けれど、その笑顔が瑞生には泣きそうな顔にしか見えてならない。無理して精一杯笑顔を作って……。

瑞生は藍に手を伸ばす。

「悪かった。藍、女装なんかしなくていいから」

「どうして？　親父さん、がっかりさせなくてもいいじゃん」

藍の手をぎゅっと握ってやる。藍を安心させるように、強い力で。

「本当に違うんだ。わざとおまえの性別を伏せていたわけじゃなくて、おれにとってはそんなものどうでもよくて……本当にただ書くのを忘れていただけっていうか……

あー！　もうなんて説明すりゃいいんだ！」

瑞生は単にうっかり失念していただけなのだが、説明しようとすればするほど言い訳がましくなる。

己の不甲斐《ふがい》なさが情けなくて、自己嫌悪に陥《おちい》る。イライラとした気持ちの遣《や》り場に困り、ガシガシと髪の毛を掻きむしった。

いつもと異なり、苛立《いらだ》ちまくっている瑞生を藍は不安な顔をして見ている。

「ごめんな。おれの説明不足で親父が勝手に誤解したせいで、余計におまえを悩ませた。いいんだよ、藍。おまえはそのままで」

「でも……」

「バカだな。おまえはおまえだろうが。男とか女とか、関係ないだろう？　藍が藍だからおれはおまえのことが好きになった。だから親父には、いつもの……普段通りのおまえの素顔を見てもらいたい。だから無理に女装しなくたっていいんだ」

「瑞生……」

「それに、親父だって、おまえが男だってわかってもそれはそれで受け入れてくれると思うぞ。なんせおれの父親だからな。誤解さえ解いておけばそれですむ。だから、いつものおまえを撮らせてほしい。頼む」

瑞生は深く頭を下げた。

藍はふう、と大きく息を吐き、そしてすぐさまぷうっと頬を膨らませ、唇を尖らせる。

「……なんだよ」

藍の頬がますます大きく膨れていく。

「藍」

「おれひとり空回りしてバカみたいじゃん！」

瑞生に握られている手を解き、空いたその手は長い髪にかけられる。

藍の頭から栗色の毛玉が滑り落ちたかと思うと、バサという音をさせてそれは畳《たたみ》の上に広がった。

そうしてぷい、と藍は顔を背けてしまう。

「藍、ごめん。ほんっとすまない」

「まじで、瑞生は本当はおれが男だって隠しておきたいんだとばっかり思ってて。だからメールの返信にも悩んでるのかな、って。珍しくパソコン立ち上げっぱなしだったし、そういうのに気が回らなくなるくらい考えてんのかもとか！　そういうの考えちゃってたのに！」

「……すまん」

「あーあ、いっぱい悩んで損した」

はあ、と大きく息を吐いて藍はその場にしゃがみ込む。

「悪かった。この通り謝るから」

「わかったよ。もういいって。勝手にメール見たおれも悪いし」

あー、もう恥ずかしい、と藍が両手で顔を覆う。

瑞生に背を向けてしゃがんでいる藍は、俯《うつむ》き気味にしているせいで、首筋まで赤く染めているのが丸見えだ。

女性の姿で写真を撮ろうと決めるまで、彼はどれほど悩んだのだろう。

このきれいな色のワンピースもどうやって手に入れたのか。いつの間に用意していたのか瑞生は知らずにいた。

それも全て瑞生と瑞生の父親について、藍なりに考えてくれたためだ。

まったくなんて可愛いのだろうか。

瑞生の顔にやわらかい笑みが浮かぶ。そして藍と同じようにしゃがみ込んで、彼の背中ごと抱え込む。

「ありがとう。おれのこと考えてくれたんだよな」

「……考えたよ。すっげ」

今にも泣き出しそうな、頼りない声で藍が呟くようにそう告げる。

肩越しに藍の顔を覆っている手の先へ視線を遣ると、指先が真っ白で血の気が失せていた。随分と緊張していたのか。

「そうか……。おまえの気持ち、おれは嬉しい。……さっきも言ったがその服、本当に似合う。お世辞じゃなくて、本当に」

瑞生の言葉に藍は顔を覆っていた手をようやくおろして、ワンピースの裾《すそ》をぎゅっと握る。

「そりゃ……どうやったら、この体型隠せるのかとか、可愛く見えるのかとか……考えたし、漁協のおねーさん達に相談に乗ってもらったし」

メールを見てしまった藍は、なんとか完璧な女装をしなければと、バイト先の漁協で、仕事仲間のお姉さん達にいろいろと相談したのだという。

ファッション誌を借り、あれこれ研究を重ね、ネット通販で服を取り寄せたらしい。

「よくそんな相談乗ってくれたな」

「まあ……瑞生にドッキリのイタズラをしてみたいから、って言ったらみんなノリノリでさ。本当はそんなんじゃないけど、嘘《うそ》も方便っていうか……おれ必死だったし」

ぐるぐると藍は悩んでいたらしい。

嫁、と言われても、自分は男だから嫁にはなれないし、瑞生の父親が「嫁」を望んでいるとしたら……そう思うと本当に自分が瑞生の恋人でいていいのか。――そんな余計なことを藍は考えていたようだ。

瑞生は、父親のメールに伴侶とは書いたが嫁とは書いていないし、きちんと説明すると藍に約束する。

藍の正面へ回り込んで、ワンピースの裾を握り込んでいる両手をそっと手で包んだ。

「許してくれるか」

「許すも許さないも。おれが勝手に勘違いしただけだし」

「おまえはもっと怒っていいんだ。いっそぶん殴ってくれても」

「そんなの別にいいって。おれは瑞生がいやな思いしなけりゃそれで。……嫁さんになってやれないけどさ。……いい？」

いつもの茶化したような、軽い口調だったが、藍の潤んだ瞳と思い詰めた表情に瑞生の心が引き絞られる。

瑞生は藍の手を取ったまま、彼の手を自分の頬へ寄せた。まだ少し冷たいその手が愛おしくて頬ずりする。

「バカ。おまえはおれの生涯のパートナーだ。藍、改めて……今更だが、おれと一生ここで一緒に暮らしてくれるか？　それから……いずれきちんと籍入れよう。少なくともおれはそのつもりでいる」

籍、という言葉に藍は驚いたのか、まんまるに目を見開く。

「瑞生……！」

嬉しげにふわりと笑った藍の目元にきらりと光るものを見つけた。

その輝きがあまりにもきれいで、瑞生は一瞬見惚《みと》れる。

抱きしめ、頬と頬が触れ合う。温かい濡《ぬ》れた感触を覚え、思わず背に回した手の力を強めた。

「じゃ……じゃあ、おれ……着替え……」

立ち上がり、逃れようとする藍の腕を瑞生は引いた。

「ちょ……っ！　ずいしょ……っ」

振り返った藍の顔は、ひどく真っ赤だ。

ひとりで空回って女装までしたことをまだ恥じているらしい。

恥ずかしがらなくてもいいのに。

元から美形の藍はどんな姿をしていても見栄えがする。だからなのか、素顔はけっして女性めいて見えないのに、メイクをしてやわらかな素材のワンピースを着た途端に清楚《せいそ》で可憐《かれん》な女の子に見えてくるから不思議だ。

「せっかくきれいな女の子になってるんだ。もう少しおれにじっくり見せろ」

ゆっくりと瑞生も立ち上がる。

「もういいだろ……！　着替えるから放せよ……っ」

瑞生から顔を逸《そ》らし、じたばたと暴れて動き回る藍を更に強引に引き寄せ、瑞生は自分の胸にすっぽりと収めた。

「藍……顔、上げろ。その可愛い顔見えねえだろうが。なあ、おれのために時間かけてメイクしてくれたんだろ？　だったら見せてくれよ。藍、頼むから」

顔を瑞生の胸元に埋《うず》めきって見せようともしない藍の耳たぶを食《は》みながら、低く囁《ささや》く。

「やっ……やだ……って……」

胸元からくぐもった声が聞こえる。

「あーい。コラ、いい加減にしろ」

一際低い声で脅すように言うと、藍は目を丸く見開き、顔を上向けた。

すかさず瑞生は覆い被《かぶ》さるようにして、藍の唇に口づける。

「んっ……んん……っ……」

不意打ちのキスに藍は目を白黒させ、瑞生にされるがままになっていた。

いつものキスとは違う、化粧品の仄《ほの》かな香りを感じながら、瑞生は藍の舌を絡め取る。

藍の唇を存分に舐《な》め、吸い尽くし、小さな音を立てながら離したときには藍の瞳はとろりと色っぽく濡れていた。

僅かに剥げた口紅の色より、吸って色づいた藍の唇の方が遥《はる》かに赤い。

「も……やだぁ……」

唇を尖らせて拗ねた口をきく藍の鼻先に、唇を落とす。

「そんなに恥ずかしがらなくてもいいのに」

「はっ、恥ずかしいに決まってんじゃん！」

するりと瑞生の手は藍の尻へと降りていく。小さく引き締まった藍の尻を瑞生は撫《な》で回した。

「ちょ……！　何してんだよ！　エッチ！　スケベ！」

撫で回されて、藍は大声を出す。

「いや、どっからどうみても女の子だなと……で、こっちは？」

瑞生は藍のワンピースの裾をぺろんとめくった。

「うわあぁぁぁっ！　やっ！　やめろって！　コラ！　このエロ坊主！」

藍はすかさず前を押さえたが——そこに見えたのは……。

ゴクリ、と瑞生は思わず息を飲んだ。

「隠すなって」

もう一度力尽くで、裾をめくろうとする。が、藍は必死に抵抗し、逃げまわる。

「ダメだって！　ホント！　マジでやめ……っ……！」

「暴れんな。このはねっかえりめ」

「やめろっつってんだろ！」

もみ合っているうちに、藍の身体が畳の上に転がった。そして裾が捲《まく》れ上がり、下肢が剥き出しになる。

そこからちらりと見えているのは、レースがふんだんに使われた女性ものの純白のショーツ。

「……最高」

「最高とか言うな！　バカ！」

藍がわめきちらすのをよそに、瑞生は更に裾を捲り上げて、全てを露《あらわ》にする。

小ぶりなショーツにぎゅうぎゅうに藍のものが押し込められて、不自然に膨らんでいる。

先ほどのキスで藍も興奮したのか、膨らんだ先が濡れていて、ぴったりと藍のペニスに張り付き、その形を浮き上がらせている。そしてピンク色をした性器の色が微《かす》かに透けていた。

淫らな光景に瑞生は喉《のど》を鳴らす。

「まさかパンツがこれとはな……」

しみじみと呟く。

前も浴衣を着たときに、パンツの線が見えるのが嫌だと、ジョックストラップという、尻丸出しのエッチなパンツを穿《は》いていた藍だが、まさかの女装に、まさかの女性もののショーツ。ファッションには並々ならぬこだわりを見せる藍だが、この発想は瑞生には想定外だった。——正直な話、嬉しい想定外だが。

「だ……っ、だって、やっぱ、なんつーか形からっていうか……さあ……。女の子になりきるには、パンツ大事かなって」

大事だよね？　と、上目遣いで見上げられればたまったものではない。

「どれだけおれを試すんだ、おまえは……」

「試してないって！　試してないから！」

もう隠しても無駄だと思ったのか、藍は抵抗をやめていた。これ以上なく顔を赤くして、泣きそうな顔で瑞生を見る。

そんな顔を見せられたら、瑞生の脆弱《ぜいじゃく》な理性など吹き飛んでしまう。

「うるさい。やっぱりおまえが可愛いのが悪い」

瑞生は藍を組み敷くと、乱暴に唇を唇で塞《ふさ》いだ。

舌で藍の唇の合わせ目をこじ開けると、蹂躙《じゅうりん》するように舌で口内をまさぐる。

ひどく興奮している、と瑞生は自分で自分を笑う。藍を目の前にしていると、いつもこうだ。

目の前の男は、易々《やすやす》と瑞生を翻弄する。しかもそれは無意識だからたちが悪い。

僧侶として、それなりに物事に動じないように努めているが、藍を前にするとついつい我を忘れてしまう。

喜怒哀楽がはっきりしていて、表情がくるくると変わって、はじめから可愛いと思っていた。

きゃんきゃんとすぐに噛みついてくるところも、寂しそうに甘えた目をしてくるところも全てが愛しい。ときどきこうしてわけのわからない暴走をするところも全部。

おまけに気立てもよくて、美人でエロい。

瑞生はワンピースの上から、藍の胸をまさぐる。パンツにこだわりは見せても、ブラジャーは着けていないらしい。薄手の生地を通して、すぐに乳首の感触を覚えた。

「……っ……ぁ……」

服の上から触るのはいつもと感触が異なるのか、藍は焦《じ》れったいとばかりに胸を喘《あえ》がせる。

刺激されて小さな粒が固く尖ってくるのが布越しにわかる。瑞生は生地の上からそこに吸い付いて舐めてやった。

「あ……ぁ……ん……っ」

感じてきているのか、藍のペニスも更に硬く大きくなってきている。

そこがどうなっているのか見たくなって、瑞生はやおら藍の膝《ひざ》を掴むと、左右に割り開いた。

「～～～～～～～～～～～～～～！」

恥ずかしい格好を取らされて、藍は声にならない声を上げる。

レースの小さな生地からペニスがはみだし、先を覗《のぞ》かせていた。

「レースまでびしょびしょになってるぞ。ああ……また先っぽからトロトロよだれ垂らして。はしたない子だな」

揶揄《やゆ》交じりの卑猥《ひわい》な言葉を吐くと、藍は「瑞生のバカ！　意地悪！　変態！」と睨み付けてくる。

しかし、欲情に濡れた瞳で見られても、そんなものは瑞生を煽《あお》るだけのスパイスにしか過ぎない。

「しょうがないだろ。おれだって男だからな。いやらしいことは好きに決まってんだろうが……んー、この服脱がすの面倒……よし」

瑞生はワンピースを藍の胸の上までたくし上げる。背中側にあるファスナーを下ろして脱がせるよりこちらの方が早い。胸元を露にさせて、瑞生はほくそ笑んだ。

これで、藍の乳首を可愛がってやれる。

服の上から嬲《なぶ》っていた乳首は赤く色づいてつんと尖っている。ここを吸ってやると藍は悦《よろこ》ぶ。軽く噛まれるのも好きなようで、瑞生がここを噛むとあられもなく声を上げるのだ。

それにしても倒錯的な眺めだった。

ぺたんこの胸に乳首だけがぽってりと小さな果実のように赤く膨らんでおり、また女性の下着を着けているというのに、下肢には自分と同じものがついていて、そこを昂《たか》ぶらせて蜜を滴らせている。

しかもこの姿は自分のためにしてくれたのだと思うと、瑞生は沸き立つような興奮を覚え、恍惚《こうこつ》となった。

これでは変態と藍に罵《ののし》られても仕方ない。

瑞生は目を細め、唇を藍の乳首に寄せた。

「おっぱい触ってほしいか」

意地悪く訊《き》くと藍は火照《ほて》らせた顔で小さく頷く。

「おっぱい触ってって言ってみろよ」

舌先でちろちろと乳首に触れると、ぶるりと藍が震える。藍は僅かの間逡巡《しゅんじゅん》していたようだったが、ついに口を開いた。

「おっぱい……触って……。ここ……舐めて……噛んで……」

胸を突き出して、ねだる藍の乳首を瑞生は噛みつくように咥《くわ》えた。

舌で吸って転がす。甘く噛んで、唇で潰す。

「あ……んっ……あ……っ……」

昼で藍の乳首を愛撫しながら、先っぽを覗かせている亀頭を指でくるくると撫で回す。

「やばいな、これは」

中途半端にペニスがショーツから出ているせいで、そのレースの感触がもどかしいのか藍の声は次第に色めき出し、しきりに腰をうねうねと動かす。

「……ゃあ……っ……ん……んっ」

そして藍が身悶《みもだ》えて動く様がまたゾクゾクとするほどそそるのだ。

これではじっくり藍の身体を堪能する余裕はない。

瑞生は性急に藍のショーツを脱がせにかかる。だが、あまりに急ぎすぎて、片足しか脱がせられない。片足に引っかかっているだけのショーツをそのままにして、藍の身体を俯せにさせた。

腰を上げさせて、藍の尻の狭間《はざま》に舌を這《は》わせる。その奥にある小さな窄《くぼ》みに舌を差し入れた。

「ずい……、ずいしょ……なめな……っ」

藍は後ろを舐められるのを拒む。だがそれは嫌いだからではなく、そこを舌で愛撫されると感じすぎるからというのだ。

「悪い、藍。濡らすもん、持ってくる余裕ない」

「ちょ……！　やだっ！　バカ！」

今日何度目かの、バカ、という言葉を耳にしながら瑞生は舌で藍の後ろを解《ほぐ》しにかかる。昨日も繋《つな》がったばかりの窄みは解れるのにさほど時間はかからなかった。

「あ……ぁ……あっ……ぁあ……ん」

少し窄みがやわらかくなってきたところで、瑞生はくぷ、と指を押し込んだ。そのまま奥にある藍のいいところを擦《こす》ってやる。

「あっ……あぁっ……！」

ビクンと藍の背が弓なりに反り、腰を瑞生へと突き出した。

ぐちゅぐちゅと音を立てながら指を抜き差しする。

藍の艶めかしい声を聞き、痴態を見せつけられる。藍の足に引っかけられているレースのショーツが、藍の白い内腿《うちもも》と相俟《あいま》ってひどく淫らだ。

瑞生の股間《こかん》もはち切れそうに脈打っており、早く藍の中に入りたくて仕方なかった。

自分がこんな衝動を起こすなんて思わずにいたから、今日はゴムの用意もしていない。

「すまん。このまま入れさせてくれ……っ」

え、という藍の戸惑った声は聞かない振りをして、瑞生は手早く前をくつろげる。がっつきすぎだ、と顔を顰《しか》めながら、いきり立ったものを藍の後孔へ突き刺した。

「――――っ！　ぁ、あ、ああっ！」

いつもなら、藍の中が慣れるまで待つのだが、今日はそんなゆとりは爪の先ほどもない。この興奮を鎮《しず》めたいために、ガツガツと藍の細い腰を抱えて、乱暴に穿《うが》つ。

「やっ、おっき……い……っ、おっきいってば……ぁあ……んっ」

藍の嬌声《きょうせい》は啜《すす》り泣く声に変わる。

「大きいの好きだろう?」

するりとこんなセリフが口から飛び出したことに驚いた。我ながらおっさんじみている、と自嘲しながら、はあ、はあ、と瑞生は藍の耳元に忙《せわ》しない吐息を吹きかける。が、そのオヤジ臭いセリフにひくどころか「おっきいのすき」という返事をよこされて理性は完全に飛ぶ。藍の胸に手を回し、乳首を潰すと、中がきゅうっと締まった。

「あァッ！　……ぁアッ……」

きゅうきゅうに締め付けられながら、ズンと奥深くを抉《えぐ》り、これまでとは違う直接の粘膜の感触に陶然となる。

藍もおそらくいつもの薄い膜がないせいで、瑞生そのものを感じているのだろう。濫《みだ》りがわしく腰を振って、激しく乱れていた。

「ずいしょ……、前から……、前からして……っ。顔見てした……っ」

可愛いおねだりに、瑞生は滾《たぎ》ったものを藍の中からずるりと引き出す。

体勢を変えて仰向《あおむ》けにさせ、藍の両膝を抱える。そうして彼の身体を深く折り曲げ、再びヒクヒクと瑞生を待ちわびて蠢《うごめ》く窄みの中へ欲望をねじ込んだ。

藍はすっかり涙で顔をぐしゃぐしゃにしていた。その顔がまた愛おしくて瑞生は顔中にキスをする。

「ごめんな……今日余裕なくて」

「いい……。求めてくれる感じがして嬉しい」

自分でもかなり乱暴なセックスだと思うのに、いじらしく言う藍をぎゅっと抱きしめ、唇にキスを落とす。

そうして徐々に腰を動かす。ぐちゃぐちゃ、と中を捏《こ》ね回し、奥をえらの張っている部分で擦りあげる。

藍の中はトロトロに蕩《とろ》けているのに、瑞生をしっかりと締め付けていた。

「あ……っ……あ、あっ……気持ち、いいっ……もっと奥……っ……」

身体を捩《よじ》りながら、藍は自分の乳首を弄《いじ》る。

瑞生はその淫靡《いんび》な様を眺めながら、貪婪《どんらん》にうねって瑞生を食いしめる藍の中を激しく行き来した。

「あ、……ああっ、あ、あ、だめっ……ダメ……ッ、イ、クっ……！」

瑞生が一際腰を激しく動かした。絶頂へ向かう藍の締め付けにもっていかれそうな自身を咄嗟《とっさ》に引きずり出す。

藍の放埓《ほうらつ》のすぐ後、瑞生はハアハアと息を荒らげながら、自身を扱《しご》いた。

瑞生から放たれた白濁は藍の腹とそして顔へ飛び、まだ喘いでいる藍の唇へとろりと落ちていった。


「瑞生……コスプレとか、そういうの実は好きだろ」

恨《うら》めしげに藍が睨んでくる。すっかり声は掠《かす》れきってしまって、ろくに出せないでいるようだった。

いかにも情事の後といった体で、ぐったりと気怠《けだる》げに寝そべっている藍はやたら色気がある。

まだ火照ったままの上気した肌だとか、首筋に残る赤い痕、薄く開いた唇から洩らされる微かな吐息——許されるなら、もう一ラウンドお願いしたいくらいだが、これ以上求めるとさすがに嫌われそうなので、やめておく。

「あー……そんな自覚はなかったんだが」

「……嘘だ。ぜってー、そういう趣味あるって」

疲れた、と藍はほんの僅か身体を動かすのもかったるいという様子で、微動だにしない。

「いや。おまえ以外のやつには、全く食指が動かないが。でも、まあ、おまえがあれこれ可愛い格好するから、そそるなと思って、つい」

瑞生は苦笑する。女装した藍に我を忘れるほど欲情してしまったなんて自分でも驚きだった。そういう趣味はないと思っていたが、認識を改めるべきか。

というより、多分彼がどんなものを着ても、同じだろうと思うのだ。自分のために彼が着てくれた、それが嬉しくて理性が飛んだだけなのだが。

「つい、で、がっつかれるおれの気持ちになってくれよ……声でねえ……」

「でも、中出ししなかっただろ？」

「ドヤ顔で言うなって！　中に出さなかった代わりに、顔射しやがって……！」

ゴムをつけていなかったのを忘れ、あやうく藍の中に射精するところだった。が、すんでのところで引き抜いた自分を褒《ほ》めてもらいたいくらいだ。

中に出せば、後から辛いのは藍の方だと知っていたから、それだけは堪えたものの、結局顔にかけるはめになったのは、瑞生としても苦笑いするしかない。

けれど、自分の放った白いもので汚された藍の顔というのは、これまたエロく……。

「おい！　またなんかエロいこと考えてんだろ！」

不機嫌そうに文句を言っているのを聞き流し、幸せすぎてダメになるな、と瑞生は恋人の身体をぎゅっと抱きしめた。

あとがき

こんにちは。もしくは、はじめまして。淡路《あわじ》水《すい》です。

二冊目の文庫になりましたが、一冊目とはまた別の緊張感を味わっています。

今回は調子に乗りすぎている感じもしないではない、お坊様と元モデルというカップリングのラブコメで、読まれている方にドン引きされそうでドキドキしています。

もともとこういうドタバタな感じのお話は大好きで、ですからこのお話もスクリューボール・コメディーというか、なんとなくそういうイメージで書きました。

攻めをお坊様にするのはすんなり思い浮かんだのですが、そこでひとつ問題が持ち上がってですね……。お坊様のあれこれが全《まった》くわからない……！　何気なく目にしたり接したりはしているものの、普段何をしているのかとか、そもそも僧侶になるにはどうしたらいいのかなど、わからないことだらけでした。

ですがその窮地を救ってくれたのは、古くからの友人、H・Y嬢。得度《とくど》を受け、僧籍を持つ彼女に「僧侶になるにはどうしたらいいの？」から始まり「ねーねー、男同士でエッチしていいの」まで、ありとあらゆることを訊《たず》ね、それはそれは懇切丁寧に教えていただきました。友人がいなかったら、この話を書こうとは思わなかったことでしょう。持つべきものは友達だと実感した次第です。また旨《うま》いお酒飲みに行こうね！

また今回、私にとって更に緊張することが。

そう、このお話の挿画を小山田《おやまだ》あみ先生に描いていただいたことです！　小山田先生に決まりましたと、担当さんからの電話があったとき、思わず大絶叫してしまいました。なにしろ、ずっとずっと以前から小山田先生の大ファンで、その憧れの先生に描いていただけるなんて夢かと思いました。夢が叶《かな》ったといっても過言ではなく大感激だったのですが、しかし冷静になってみるとこの本です。ジョックストラップに、書き下ろしでは女装にとキワモノと呼ばれてもおかしくないこの話の挿絵をお願いしても本当によいものかと、ひたすら申し訳なく……。

ですが、理想の藍《あい》と瑞生《ずいしょう》を描いていただけて幸せです。美人で可愛《かわい》くて色っぽい藍と、強面《こわもて》ながらも大人の色気のある瑞生を本当にありがとうございました！

タイトルもなかなか決まらなくて、担当さんと直前まで泣きそうになりながら絞り出したこともいい思い出です。このインパクトのあるタイトルは担当さんと私のまさしく合作となりました。

応援してくださった皆様、担当様はじめ編集部の皆様、そして友人たちに感謝を。

どうか、楽しんでいただけますように！

淡路　水

狩俣
瑞生
対策本
ヤク・・・
じゃなかった
刑事か。
・・・つか
ほとんどヤーさんだろっ!!
お

法悦♥ホリデイ
〜解脱なんて知らねえよ〜

fleur label

発行日　2014年11月14日　初版第1刷発行

著者　淡路 水
発行者　三坂泰二
編集長　波多野公美
発行所　株式会社 KADOKAWA
〒102-8177　東京都千代田区富士見 2-13-3
0570-002-301（営業）
年末年始を除く平日 10:00 〜 18:00 まで
編集　メディアファクトリー
0570-002-001（カスタマーサポートセンター）
年末年始を除く平日 10:00 〜 18:00 まで
印刷・製本　凸版印刷株式会社
ISBN978-4-04-067161-1　C0193

http://www.kadokawa.co.jp/

イラスト　小山田あみ
ブックデザイン　ムシカゴグラフィクス
編集　白浜露葉

フルール文庫をお買い上げいただきありがとうございます。
この作品を読んでのご意見、ご感想をお待ちしております。

ファンレターのあて先
〒150-0002　東京都渋谷区渋谷 3-3-5　ＮＢＦ渋谷イースト
株式会社 KADOKAWA　フルール編集部気付
「淡路 水先生」係、「小山田あみ先生」係